I0406719

ANABELLA FREIMANN

KEINE ZEIT, UM ALT ZU SEIN

~STERBEN KANN ICH SPÄTER~

Für Lisa und Daniel,

meine erwachsenen Enkel

Die höchste Form des Glücks ist ein Leben

mit einem gewissen Grad an Verrücktheit.

(Erasmus von Rotterdam)

Bibliografische Information der Deutschen Nationalbibliothek:
Die Deutsche Nationalbibliothek verzeichnet diese Publikation in der Deutschen Nationalbibliografie; detaillierte bibliografische Daten sind im Internet über http://dnb.dnb.de abrufbar.

© April 2015 Anabella Freimann
Autor und Inhaber dieser Rechte.
Fotos: privat bzw. erworben über fotolia
Zitate: "365 freche Sprüche für Frauen", Goldmann-Verlag
Paperback 104 Seiten
EUR 7,49
Herstellung und Verlag: BoD – Books on Demand, Norderstedt

ISBN: 978-3-7347-8425-5

Anabella Freimann

Keine Zeit, um alt zu sein!

~Sterben kann ich später~

Inhaltsverzeichnis

Schwarzweiß-bzw. Sepiafotos auf den Seiten:
17, 41, 63, 97

Darf ich Ihnen, ohne dass Sie das Buch gleich wieder zuklappen; eine Frage stellen? Was meinen Sie: Welche Wünsche werden Ihrer Meinung nach einer Endfünfzigerin von der Öffentlichkeit zugestanden? Welche sollte sie möglichst nicht haben, schon gar nicht äußern, und welche sollten für sie unbedingt und absolut tabu sein? Sie müssen nachdenken? Sehen Sie, auch von Ihnen bekomme ich nicht sofort eine Antwort.

Wie soll da Freyja damit zu Recht kommen? Sie wollen zuerst einmal wissen, wer Freyja ist? Keine Sorge, Sie werden die Hauptfigur unserer Geschichte nebst ihren Freunden und Freundinnen noch früh genug kennen lernen, vielleicht mehr, als Ihnen lieb ist!

Freyja. Dieser Name passt. Zwar nicht zu ihren „Jahren", aber umso mehr zu ihren Wünschen. Zu den Wünschen und deren Verweigerung, oder den Wünschen und dem Weg zu deren Erfüllung, je nachdem…Hat sie nun oder hat sie nicht? Haben sie nun oder haben sie nicht? Wollen Sie es wissen? Ja, dann blättern Sie um, und nicht nur das, sondern lesen Sie ganz einfach weiter! Sie können dann zwischendurch immer noch das

Buch zuklappen. Ich sehe es ja nicht. Und im Übrigen - es ist Ihre Entscheidung. Schließlich sind Sie die Leserin. Oder der Leser. Immerhin könnte es ja sein, dass sich hier auch ein Mann in diese Frauenlektüren-Nische verirrt hat?

Sie werden lachen. Bei meinem letzten Buch „Herbstlust" war das tatsächlich der Fall, und einer der Herren meinte danach: „Jetzt weiß ich doch endlich, wie Herbstfrauen ticken..."Und dann- ob Sie es nun glauben oder nicht- übergab er mir eine Geschichte, seine Geschichte, und er meinte- die schenke ich dir, nimm sie und veröffentliche sie in deinem nächsten Buch! Also habe ich diese „Herbstmännergeschichte" eingebettet, sie wird liebevoll umrahmt von den Herbstfrauengeschichten, zeigt aber wieder einmal, dass ein Mann ganz anders tickt als eine Frau.

Ach ja, wir Herbstfrauen, wir sind schon eine besondere Kaste! Aber Sie können mir glauben, wir haben noch jede Menge Chancen bei den Herren der Schöpfung. Denn: Sie spüren in uns Die Reife des Herbstes mit seinen saftigen süßen Früchten, die Lust zu zärtlichen Umarmungen, das Verlangen nach einem richtigen Mann. Und sie schätzen an uns die Geduld beim Zuhören und beim Sex sowie unsere Freigiebigkeit, mit der wir unsere Liebe verschenken.

10

as Elfte Gebot

Er würde sie gehen lassen, hatte er gesagt. Aber sie möchte bitteschön nicht gegen das elfte Gebot verstoßen. So viel ihr bekannt war, hieß dieses Gebot laut Volksmund: Du sollst dich nicht erwischen lassen.

Die Ampel zu ihrem zweiten Leben hatte die Farbe gewechselt. Von Rot wie verboten zu Gelb wie nur schnell mal ausprobieren, und nun ganz offiziell auf Grün geschaltet wie freie Fahrt! Was versprach er sich davon? Hoffte er insgeheim, dass sie seine Großherzigkeit mit absoluter Treue belohnte?

Wie gern wäre sie treu geworden; geblieben konnte sie beim besten Willen längst nicht mehr sagen. Aber leider konnte sie ihm diese großzügige Geste nicht entsprechend honorieren. Keine Chance. Vorläufig. Denn da waren diese Sehnsüchte in ihr. Nach unendlich viel Zärtlichkeit. Nach einem Sich fallen lassen können. Nach Küssen, nach Umarmungen, nach Sex, nach Männlichkeit, ja, nach Liebe. Sie war nicht mehr jung, und sie wollte nicht länger auf ein Wunder warten. Nein, sie wollte endlich leben. Mit allen Sinnen. Jetzt

Eine Einladung

Ich möchte Sie jetzt einladen. Einladen auf eine Reise. Keine Reise in ferne Länder, nicht zu einem Event, nicht zu besonderen Persönlichkeiten, die gerade „in" sind und erst recht nicht in ein Science- Fiction- Abenteuer. Nein, einfach in ein Stück gelebtes Leben. In mein Leben. Oder ist es etwa auch ein Stück Ihres Lebens?

Ich bin eine ganz normale Frau, wenn ich auch manchmal im Stillen denke, nein, das bist du nicht, du bist alles andere als normal. Neunundfünfzig plus und dann diese Ambitionen. Diese Wünsche, Fantasien. Dieser vulkanartige Ausbruch? Beängstigend für mich, vielleicht aber auch für das unmittelbare Umfeld, sprich meinen Mann.

Sie meinen, das wäre erlaubt, solange es nur Wünsche sind? Solange sich alles in der Fantasie abspielt? In gewissen Grenzen hält? Da hätte doch niemand etwas dagegen, sagen Sie? Ich frage Sie nun: Was sind gewisse Grenzen? Wer setzt diese Grenzen? Ein Richter? Ein normaler Mensch, der eine weiße Weste hat? Der selbst makellos lebt? Ein durchscheinendes Privatleben besitzt?

Die Gedanken sind frei, so beginnt ein altes Volkslied. Wie's drinnen aussieht, geht keinen was an, so heißt es dann noch in einem Sprichwort.

Ja, und da beginnt das erste Problem. Denn: Wie es bei mir drinnen aussieht, das soll doch jemanden etwas angehen. Das, genau das ist mein Ziel. Nun wissen Sie Bescheid. Eben aus diesem Grund habe ich Sie eingeladen. Kommen Sie einfach mit. Vor allem Sie, ja, Sie meine ich, Sie in meiner Altersklasse. Mann oder Frau. Sie sehen so traurig aus. Als ob Sie alle Ihre Hoffnungen, all Ihre heimlichen Wünsche ans Leben begraben haben. Ich lese in Ihren Augen Trauer, Resignation. Bedauern. Nein, bitte noch nicht. Dazu ist später Zeit. Begleiten Sie mich. Geben Sie mir die Chance. Lassen Sie mich versuchen, etwas in Ihnen zu bewegen. Oder Sie bewegen in mir etwas. Am Ende meiner, ja unserer Reise sprechen wir uns wieder. Einverstanden?

Wir wollen gemeinsam ein Abenteuer oder noch besser viele Abenteuer erleben und während dieser „Reise" einigen interessanten Fragen nachgehen: Soll man sein Leben träumen oder seine Träume leben? Gibt es dafür eine bestimmte Altersgrenze?
Wann verliert eine Ehe ihren Sinn? Oder: Was ist eigentlich der Sinn einer Ehe?

Oder auch- wann verliert eine Ehe ihren Sinn? Müssen Männer alles wissen? Bin ich unnormal? Habe ich ein Recht darauf, meine Fantasien und Träume auszuleben? Ist Sexualität mit neunund-fünfzig und älter erwünscht? Sollte ich nicht ein-fach ruhiger und abgeklärter werden und die graue unauffällige Maus sein, die ich immer war?

Ich lade Sie ein. Nehmen Sie Platz in meinem kleinen Tizian. Sitzen Sie bequem? Anschnallen bitte nicht vergessen. Denn man sagt mir nach, ich würde etwas zu rasant fahren. Da soll man doch gleich sagen, zu schnell, zu hektisch. Zu unüberlegt? Also, handeln Sie jetzt nicht auch unüberlegt. Überlegen Sie es sich, ob Sie mich trotzdem begleiten wollen. Ja? Das freut mich. Ich schließe daraus, dass Sie so wie ich ein we-nig Action lieben. Da passen wir doch wunderbar zusammen! Dann starte ich jetzt mal den Motor. Und Sie sagen „Stopp", wenn ich zu schnell bin.

ylons und so weiter..

„Es gibt lässliche Sünden, und es gibt unerlässliche"
(Trude Hesterberg)

April in Berlin. Am Wittenbergplatz sah es schon richtig nach Frühling aus: Das Grün der Bäume, die Beetbepflanzung und die leichte Kleidung der Menschen im Park. Es duftete nach Frühling, und dieser Geruch war auch nicht durch die Düfte zu übertünchen, die aus den „Fressbuden" strömten.

Sie verspürte leichten Hunger, aber das war unwichtig. Wichtig war jetzt etwas ganz anderes. Später würde Zeit sein zu einem schönen Essen zu zweit bei dem Italiener gleich um die Ecke. Mit einem guten Weißwein und Erinnerungen an vergangene Begegnungen gekrönt.

Sie hatten lange warten müssen. Die Umstände sind nicht immer so, dass zwei Liebende, die sich in Sehnsucht nacheinander verzehren, problemlos zueinander finden. Es soll vorkommen, dass man vor lauter Problemen nie zueinander findet. Doch sie hatten bisher ungeahntes Glück gehabt. Wie heißt es so schön in einem frechen Spruch? ‚Wo ein Wille ist, da ist auch ein Gebüsch'

Aber das hatten sie zum Glück nicht nötig. Auch war das nicht ihr Stil. Ob es nun die Tage in Dänemark waren, das Treffen in Augsburg, die Zeit in Dresden, das Stundenhotel Leipzig, der „verlängerte Lehrgang" in Friedrichroda- ach, da gab es noch so viel, bei dem sie im Nachhinein beide sagten: Es war prickelnd, faszinierend, es war einzigartig schön und unvergesslich.

Jetzt sollte es endlich wieder soweit sein. Sechs Wochen Trennung- um ehrlich zu sein, hatten sie nicht nur Sehnsucht, sondern sie waren auch extrem heiß aufeinander.

Er hatte für sie ein Zimmer in einem kleinen Hotel am Wittenbergplatz gebucht und er war unterwegs zu ihr. Die verbleibenden Minuten vertrieb sie sich im nahe gelegenen Park. Viele Menschen um sie herum, und alle wollten wohl wie sie die ersten warmen Aprilsonnenstrahlen genießen. Keine leere Bank weit und breit, doch die Treppen um den Brunnen herum taten es auch. Sie schloss die Augen, saugte die Großstadtgeräusche in sich ein und genoss ihr erstes Sonnenbad in diesem Jahr. Durch die halbgeschlossenen Augenlider spürte sie die wohlgefälligen Blicke der vorbeigehenden Männer,

die auf ihren kurzen Rock ruhten und dann weiter nach unten wanderten. Zu ihren schlanken Beinen, die durch die glänzenden Nylons sehr vorteilhaft zur Geltung kamen.

Der Rock und die Nylons und dann die High Heels- natürlich hatte sie alles bewusst gewählt!

Was würde Er zu ihrem Outfit sagen, er, der in ihre Beine vernarrt war, neben all dem anderen, das er an ihr liebte?

Mitten in ihre Gedanken hinein läutete das Handy. Oh, schnell, wo steckte es nur wieder? Hastig und in Erwartung seiner Stimme, die sie so faszinierte, dieser männlich tiefen Stimme mit dem leichten Berliner Dialekt, durchwühlte sie ihre Handtasche und fand es nicht. Schließlich spürte sie das Vibrieren in ihrem Blazer.

Er sagte, ich bin am Wittenbergplatz. Sie meinte, ich auch, wo stehst du denn, ich sehe dich nicht, ich komme dir entgegen. Ihr Herz klopfte. Es war ein Sechs- Wochen-Trennungsklopfen, und sie trippelte mit den Hochhackigen los und fand ihn nicht gleich in der bunten Menschenmenge. Doch dann sah sie ihn, den Mann ihrer Träume, den Großen Blonden, und sie war sowas von aufgeregt, sie, die nicht mehr junge Herbstfrau.

Bist du noch normal, fragte sie sich, darf das denn sein? Doch sie gab sich selbst die Antwort: Oh ja, ich normal, normaler geht's nicht, ich bin im Vollbesitz meiner geistigen Kräfte, und alles darf sein, alles, was ich will, was er will, was wir beide wollen, es ist ganz einfach eine späte Liebe. Vielleicht sogar die große Liebe, auf die ich mein Leben lang gewartet habe. Wenn auch nicht fürs ganze Leben.

Mitten auf dem Platz küssten sie sich, umarmten sich, sehr innig, natürlich mit Tuchfühlung und - oh, was war denn das, was spürte sie da?

Sekunden später, als er zu sprechen begann, wusste sie, dass sie sich nicht geirrt hatte. Seine Worte verrieten alles. Denn er fragte mit etwas heiserer Stimme: Wo ist der Hoteleingang? Deine Beine machen mich verrückt...Komm schnell, bevor ich hier als Triebtäter verhaftet werde...

Die Suche nach einem Ausweg

„Es ist besser, dem Traummann nur im Traum zu begegnen, als in Wirklichkeit. Aus dem Traum kann man wenigstens aufwachen"." (Jeanne Moreau)

Szenen einer Ehe. Wieder so ein trister Abend. Und Streit um banale Dinge.

Wenn sich eine Ehe totgelaufen hat, genügt eine Kleinigkeit, ein unbedachtes Wort, und schon bricht der Streit aus.

Ob es nun das Fernsehprogramm ist, die unterschiedlichen Ansichten über Urlaubsplanung, Finanzen, die Erziehung der Kinder, in ihrem Fall der Enkelkinder, es ist eigentlich vollkommen egal. Jedes Thema birgt Zündstoff.

Streit ist an manchen Tagen nur durch Schweigen zu vermeiden. Doch auch das kann zu neuen Meinungsverschiedenheiten führen. Frau fragt Mann oder umgekehrt: „Warum sprichst du nicht mit mir?" Wobei Männer länger schweigen können. Und sie sind sich oft dessen gar nicht bewusst.

Heute aber war sie allein. Und keiner störte bei der Wahl des Fernsehprogramms. Er würde sagen- typisch Weiberfilm. Na und? Frauen lieben nun mal Romantik und Liebe, Männer schauen sich dagegen gerne Krimis an. Sie versetzen sich dann in die Rolle des edlen Rächers oder intelligenten Kommissars. Frauen suchen in den Filmen meist das, was sie in ihrer Ehe vermissen und was sie vielleicht sogar noch erleben möchten. Da gibt es fast keine Altersgrenzen.

Sie hatte sich ein Video ausgesucht. Eines, das ihm garantiert nicht gefallen hätte. Eine verhinderte Hochzeit war das Hauptthema.

Freyja schaut gebannt auf den Bildschirm und seufzt still vor sich hin. Das ist Romantik pur. Doch, was geschieht jetzt? Statt des erwarteten Ja-Worts sagt Sie ein klares Nein und verlässt mit wehendem Schleier die Kirche.

Dieser Film hatte sie wieder einmal an ihre eigene Hochzeit erinnert. Wie war es damals gewesen, warum hatte sie überhaupt Ja gesagt? Sie wusste doch, dass es nicht gut gehen konnte. Warum war sie nicht solch eine mutige Braut gewesen?

Etwas, das sie nicht mag, sagt plötzlich in ihrem Innern: Es ist müßig, sich darüber jetzt noch Gedanken zu machen! Lebe endlich angemessen. So wie man das von einer Frau in deinem Alter erwartet.

Was sollte sie? Angemessen leben? Nun gerade nicht. Nun machte sie sich erst recht diese Gedanken! Sie wollte keine Erwartungen mehr erfüllen, die man in sie setzte.

Freyja stand auf und verließ das Wohnzimmer. Sie schloss die Tür zu ihrem Arbeitszimmer und setzte sich an ihr Notebook. Die übliche Online-Werbung in schrillen Farben schien sie regelrecht anzuschreien. Sie wollte schon abschalten, da stutzte sie. Was war das? Dort stand etwas von einem „Zweiten Leben". Secondlife. Was sollte das wohl bedeuten? Freyja wurde neugierig und loggte sich ein. Dabei grübelte sie: Was wäre, wenn sie ein „zweites Leben" hätte! Ach ja, das wäre die Lösung all ihrer Probleme. So vieles würde sie anders machen, manche Entscheidung anders fällen, manches intensiver erleben.

Sie las „Ihre Welt- Ihre Fantasie." Und weiter: Was ist Second life? Second Life ist eine 3D-Welt, in der jeder den Sie sehen, eine echte Person ist und jeder Ort, den Sie besuchen, von ihnen gebaut wurde.

Das musste sie erkunden, und deshalb würde sie sich sofort anmelden. Gesagt getan. Bald kam die Mail mit der Bestätigung, dass sie als Freyja angemeldet war. Und los ging es…

Mit glühenden Wangen saß sie von diesem Abend an vor dem Bildschirm. Sie war einfach begeistert, welche Möglichkeiten es in diesem zweiten Leben gab.

Wer hatte das erfunden? Wer hatte diese Landschaften, Städte, Meere in einer virtuellen Welt gebaut? Wer hatte die Möglichkeiten erschaffen, sich so zu formen und zu gestalten, wie man gern ausgesehen hätte?

Wer hatte die Tiere konstruiert, die wie echt aussahen? Die Tanzanimationen, mit denen man nur so dahinschweben konnte?,

Freyja mietete sich eine Insel- auch das war im realen Leben unmöglich,. Sie kaufte sich ein Häuschen nach ihren Vorstellungen, baute es in Minutenschnelle auf, stellte Möbel, hängte Bilder an die Wände, fand schnell Freundinnen.

Abends wurde sie zur Disko und zu Konzerten eingeladen. Eine Freundin schipperte mit ihr über den Lake- See. Die Wellen rauschten so echt, Möwen ließen ihren heiseren Schrei ertönen, sie fuhren vorbei an kleinen Inseln und machten ab und zu halt. Herrlich war das!

Auf ihrer Insel allerdings war sie allein mit ihrem kleinen Kätzchen. Mit der Zeit fühlte sie sich immer einsamer.

Doch irgendwann lernte sie Angelino kennen. Ihn kannte sie schon aus dem realen Leben, und er gestand ihr, dass er glücklich wäre, sie hier entdeckt zu haben.

Sie fanden sich überaus sympathisch und trafen sich von nun an regelmäßig. Am späten Abend. unternahmen sie interessante Ausflüge in andere Städte und Länder. Sie entdeckten immer neue Orte und suchten Herausforderungen.

Suchten sie mehr? Oh ja. Er suchte dasselbe wie sie, nämlich Liebe und Zärtlichkeit. Allmählich entstand eine zarte Liebe zwischen ihnen. Sie wurden ein Paar, das schließlich sogar zusammenzog und sich sehr liebte. Freyja und Angelino wurden immer unzertrennlicher. Beide hatten nun ein anderes, zweites, glückliches, spannendes Leben gefunden.

Damit waren zwar ihre Probleme im realen Leben nicht beseitigt, aber dieses zweite Leben gab ihnen Kraft für den Alltag..

Verrückt, sagen Sie? Die Realität vertuschend? Na und? Wer kann mit Bestimmtheit behaupten, dass er noch nie solche Wünsche und Träume gehabt hat? Sie? Dann sind Sie arm dran. Entschuldigung, aber das ist meine Meinung…

Reise ins Glück?

Die Melancholie des Lebens ist in uns, nährt sich von unseren Grübeleien und versteckt sich in "glücklichen Momenten".
(Verfasser unbekannt)

Ich sollte endlich die Reisetasche auspacken. Ich sollte endlich die Dessous wieder in ihre Kiste legen. Ich sollte endlich die High Heels in das Schuhregal zurückstellen. Ich sollte endlich die Nylons sorgfältig in ihre Tütchen zurücklegen. Ich sollte endlich....

Nein, ich kann es nicht. Ich kann es einfach nicht! Ich kann kein einziges Teil in die Hand nehmen, das ER berührt hat. Ohne in Tränen auszubrechen.

Tränen. Sie flossen reichlich. Und nicht nur bei mir. Oh nein. Er weinte ebenfalls, riss sich schließlich von mir los und verließ eiligen Schrittes den Bahnsteig. Im letzten Moment jedoch zögerte er und blieb dort an der Anzeigetafel stehen. Ich sah, wie er seine Brille abnahm und sich mit seinem großen karierten Männertaschentuch die Tränen von den Wangen wischte.

Die Anzeigetafel kündigte inzwischen den nächsten ICE an. Nach Berlin. Seinen Zug. Aus dem Lautsprecher tönten Worte, deren Sinn ich nicht verstand. Mein Kopf war leer und meine Ohren wollten nicht funktionieren.

Ich wäre jetzt so gern zu ihm gegangen, hätte mich so gern auf Zehenspitzen gestellt, um ihm die Tränen zärtlich von den Wangen zu küssen. Ich hätte dabei so gern zu ihm aufgeblickt und ihm etwas ins Ohr geflüstert, so leise, dass nur wir beide die hingehauchten Worte hätten verstehen können: „Komm… wir lassen alles hinter uns zurück. Warum müssen wir immer Rücksicht nehmen. Wir haben doch nur dieses eine Leben.."

Ja. Wir haben nur dieses eine Leben. Warum wieder diese Trennung. Warum wieder dieses Warten auf das nächste Mal. Warum? Wir wissen beide die Antwort auf diese Warums..

„Bitte einsteigen und die Türen schließen!" Jetzt konnte ich die Stimme aus dem Lautsprecher verstehen. Sie klang in meinen Ohren unangenehm laut. Höhnisch und schadenfroh. Ja, schadenfroh. Es kam mir so vor, als würde die Sprecherin noch einen Satz hinterher schieben, der nur für mich bestimmt war: „ Na komm schon, steige ein, es hat doch sowieso keinen Zweck!"

Ich stieg ein. Die Türen schlossen sich mit einem scharfen Knall. Der ICE kam auf Touren und fuhr zögernd an. Als wollte er mir damit noch einmal die Chance einräumen, ihn zu sehen. Den großen Mann dort, der wie ein Kind weinte. Ich hob leicht die Hand, ließ sie sinken. Zu mehr war ich nicht imstande. Weil ich das Gefühl hatte, dass etwas in mir zerbrach. Mein Herz.

Ich taumelte. Die Türkin, die uns am Bahnsteig so verstehend zugelächelt hatte, fing mich auf. Sie nahm mich in die Arme und hielt mich ganz fest, redete beruhigend in ihrer Muttersprache auf mich ein. Wie eine Mutter..

Dann fügte sie auf Deutsch hinzu: „Er liebt dich. Und irgendwann wird alles gut…"

Er liebt mich. Ja. Das hatte ich nie so deutlich gespürt wie in diesen beiden Tagen. Es waren Kleinigkeiten. Liebevolle Gesten, Berührungen, Worte. Er nannte mich seine Frau. Und als ich ihn darauf ansprach, nickte er: „Das bist du doch auch."

Danach abends im Chat. Er schrieb mir, dass der Abschied für ihn so schlimm gewesen war. Ich verriet ihm nicht, dass ich ihn dort an der Anzeigetafel weinen gesehen hatte. Ich verriet ihm auch nicht, wie es mir bei der Abfahrt des Zuges erging. Dafür schrieb ich ihm: „Ich habe mich bei dir so geborgen gefühlt. Ich weiß nicht, ob ich jemals so glücklich war." Er antwortete: „Oh ja, es war alles schön. Wir beide in diesem Hotel.

Das leckere Abendessen, unsere Gespräche, der Spaziergang, und natürlich die Nacht. Du so nah bei mir. Weißt du, dass es unser achtes Jahr ist? Das glaubt uns keiner."

Acht Jahre Glück? Nein, auch acht Jahre Sehnsucht, Unstimmigkeiten und Missverständnisse. Und die Frage, ob eine Trennung nicht für uns beide besser wäre..

Wir hatten uns zehn Monate nicht gesehen. Unser Treffen, bis ins Kleinste organisiert, sollte in Hessen stattfinden. Wir würden aus verschiedenen Richtungen auf dem Bahnhof eintreffen und das letzte Stück der Strecke bis in diesen kleinen verschlafenen Ort gemeinsam mit dem Regionalzug fahren.

Mein Herz klopfte. Endlich, dachte ich, endlich werden wir uns wieder sehen. Ob es wie immer sein wird? Oder sind wir uns inzwischen fremd geworden? Gleich würde ich es wissen.

Er eilte mir entgegen, mit diesem typischen Gang, den ich so an ihm liebe. Etwas nach vorn gebeugt. Bei seiner Größe kein Wunder. Ich legte die Arme um seinen Hals und er hob mich hoch, schwenkte mich hin und her und stellte mich wieder auf die Erde. Ganz sanft. Siebenter Himmel, dachte ich. Hoffentlich stürze ich nicht irgendwann ab!

Mitten auf dem Bahnsteig küssten wir uns und scherten uns nicht um die Blicke der Menschen um uns herum. Wir schauten uns glücklich in die Augen. Wir konnten unser Glück nicht fassen und mussten es uns während der Bahnfahrt immer aufs Neue bestätigen. Durch ein: „Zwick mich mal, damit ich spüre, dass es kein Traum ist!"

Nein, es war kein Traum. Aber traumhaft schön. Wenn nicht dieser Abschied gewesen wäre. Jeder Abschied ist ein kleines Sterben. Wie wahr!

Vielleicht sind wir beide nicht egoistisch genug? Aber wir haben beide einen kranken Ehepartner. Und das muss Vorrang haben. Darüber sind wir uns einig. Einig sind wir uns aber auch darüber, dass wir uns wiedersehen werden. Sobald es möglich ist.

Wie sagte gleich die freundliche Türkin? „Er liebt dich. Und irgendwann wird alles gut…"So, und nun packe ich meine Reisetasche wirklich aus. Berühre alles noch einmal zärtlich, weil er es berührt hat. Dann gebe ich den Dingen ihren angestammten Platz zurück. Auch meinen Erinnerungen.

Alarm im Motelone

Erotik ist die Überwindung von Hindernissen. Das
verlockendste und populärste ist die Moral. (K.Kraus)

1.Teil

Es fing ganz harmlos an. Wieder einmal hatten
sie sich heimlich getroffen. Wieder einmal waren
sie so heiß auf einander gewesen, dass sie kaum
Zeit fanden, die Tür zu verriegeln, dass sie den
Weg zum Bett nicht fanden, sondern sich schon
im Flur die Kleidung gegenseitig vom Leib ris-
sen. Allerdings behielt sie ihre Dessous nebst
Nylons und High Heels an. Das mochte Pierre
und das mochte auch sie.

Giselle wusste ganz genau, welche Männerfan-
tasien in seinem Kopf herumgeisterten, als er
ihre Arme an die Wand drückte, ihr zwischen die
Beine fasste und dabei ihren Liebessaft spürte.
Wie immer wurde sie feucht, wenn er sie nur
berührte. Sein harter Joystick fand deshalb auch
leicht den Eingang zu ihrem Paradies.

Nur zu gern spielte sie dieses Spiel mit. Ohne
großes Vorspiel. Denn seine Wünsche waren
auch ihre Wünsche. Nachdem sie ihre erste

Lust aufeinander gestillt hatten und nach Mehr gierten, fanden sie den Weg zum Bett. Er murmelte etwas von „Geil", als er ihren durch den Strapsgürtel nur halb verhüllten Po begutachtete, und schon hatte er sie auf das breite Bett geschoben. Seine großen sensiblen Hände glitten dabei über ihre Nylons und machten an ihren Oberschenkeln halt.

2. Teil

Ihre Küsse wurden immer heftiger; sie rief- komm endlich, worauf wartest du noch- er kam postwendend ihrer unmissverständlichen Aufforderung nach, es gab noch weniger Einlassprobleme als beim ersten Mal, sie begannen ihr altes immer wieder neues Spiel, nur wechselten sie die Stellung, nein, sie wollten sie soeben wechseln, verharrten mitten in der geplanten Drehung, denn, was war das? Woher kamen diese Töne? Von drinnen? Von draußen? Alarm? Feueralarm? Und zwar drinnen und draußen!

Sie fuhren auseinander, es gab sozusagen ein Interruptio, beide sprangen von ihrem Liebeslager auf, er klaubte die Kleidungsstücke zusammen, die im Flur verstreut herumlagen, sortierte blitzschnell ihre heraus, in hohem Bogen landeten sie neben ihr, in Windeseile waren beide angezogen, schnell die Jacken schnappen, alles Nötige in die Handtasche werfen und- aus dem Zimmer sprinten.

Ein leerer Flur empfing sie. Der Fahrstuhl hielt, eine Reinigungskraft mit voll beladenem Wäschecontainer verließ denselben. Ihr Gesichtsausdruck spiegelte außer Gleichgültigkeit keine andere Regung wider.

Die Sirene hörte nicht auf zu jaulen. Giselle und Pierre fuhren mit dem Fahrstuhl nach unten und verließen eilig das Hotel. Draußen standen einige Polizeiautos nebst zwei Feuerwehren. Giselle fragte einen Polizisten, was denn los sei. Der hielt es nicht für nötig, zu antworten. Dem nächsten schenkte sie ein verführerisches Lächeln und bekam grinsend zur Antwort: Wieder mal einer im Bett geraucht und den Alarm ausgelöst. Sie fragte Pierre: „Warum grinst der denn so?" „Na, wenn du es nicht weißt, der sieht uns doch an, wobei wir gestört worden sind. Und überhaupt- du sollst fremde Männer nicht so anblinzeln! Im Übrigen bin ich der Meinung, dass wir, na du weißt schon, da weitermachen könnten, wo wir aufgehört haben? Oder erst etwas essen gehen? Ach ja, erst etwas essen gehen, antwortete sie, wenn auch mit Bedauern in der Stimme. Aber aufgeschoben ist schließlich nicht aufgehoben...

3. Teil

Gleich gegenüber gab es einen Italiener. Dort nahmen sie Platz und die Anspannung wich langsam von ihnen. Sie schauten sich verliebt in die Augen, bestellten Pasta mit Lachs und einen guten Weißwein und mussten plötzlich lachen.

Er: Du, stell dir vor, es hätte wirklich gebrannt und wir hätten die Feuerleiter herunter gemusst! Du, nur mit Strapsgürtel und Korsage bekleidet, ich mit Slip und meinen schwarzen Socken. Unten eine Menschenmenge, die unseren seltsamen Aufzug nebst Abstieg beobachtet. Die Männer hätten mit Stielaugen auf die Stelle geschaut, wo eigentlich dein Slip hingehört. Geil, einfach geil! Schmunzelnde Männergesichter, Kopfschütteln bei den anwesenden Passantinnen. Jeder hätte uns angesehen, bei welcher Tätigkeit wir durch die Sirenen gestört wurden.

Sie: Ja, jeder hätte gewusst, dass wir nicht gerade Briefmarken getauscht haben! Und kurz bevor wir unten ankommen, ich bin schon auf der untersten Sprosse, du noch einige Sprossen höher, gut sichtbar für jedermann, hören wir plötzlich laut deinen Namen rufen. Eine nicht zu überhörende Männerstimme. Die Stimme eines Feuerwehrmannes: Mensch, Pierre, was machst du denn hier? Du wohnst doch ganz wo anders...Was hättest du denn geantwortet? Oh je, nicht auszudenken, wenn es wirklich so gewesen wäre.

4. Teil Es fing ganz harmlos an...

er letzte Abend

Der einzige Grund, warum ich mit dem Joggen anfangen würde, ist, um mich mal wieder keuchen zu hören. (Erma Bombeck)

Es war ihr letzter Abend. Ein Abend wie jeder andere. Ohne krönenden Abschluss also. Wenn Sie wissen, was ich meine. Und wenn Sie denken, dass Sabrina nicht genug Ideen hätte, dann irren Sie sich gewaltig. Denn auch mit prickelnden bis ins Detail geplanten Vorbereitungen oder plötzlichen Überraschungen würde da nichts mehr laufen. Nun, sie hatte sich damit arrangiert. Man war immerhin eine Reihe Jahre miteinander verheiratet. Die Silberne Hochzeit war längst vorbei, sie steuerten mehr oder weniger geradlinig auf die Goldene zu.

Nun neigte sich ihr Urlaub dem Ende entgegen. Sie hatten lange Wanderungen unternommen und würden als krönenden Abschluss den kulinarischen Genüssen frönen. Was soll's, so ist eben das Eheleben. Vielleicht nicht jedes, jedoch das Ihre war so.In Sabrinas Fantasien allerdings spielten sich vor allem die Nächte ganz anders ab. Wohlgemerkt, in ihren Fantasien.

In diesem kleinen Restaurant an der Elbe waren sie schon des Öfteren gewesen. Über mangelnde Gäste konnte der Wirt sich wirklich nicht beklagen. Norbert hatte deshalb, um sicher zu gehen, eine Tischreservierung vorgenommen. Der letzte, der zur Verfügung stand, war ein Tisch mit vier Plätzen.

Das Restaurant füllte sich zusehends. Der hochgewachsene breitschultrige Kellner– er entsprach ungefähr ihrer Fantasie-Kragenweite- hatte alle Hände voll zu tun.

Ein älteres Ehepaar betrat das Restaurant, schaute sich suchend um und steuerte auf ihren Tisch zu. Sabrina verdrehte leicht die Augen.

„Sind die zwei Plätze noch frei?" fragte die Dame.

Norbert zuckte leicht mit den Achseln und nickte den beiden nicht gerade begeistert zu.

Sie nahmen Platz. Sabrina streifte sie flüchtig und ihr fiel spontan die unlängst gelesene Kurzgeschichte ein. Von Karl-Otto und Clothilde. Ja, genauso könnten auch diese beiden heißen. Es passte alles: Grau war ihr Haar, und grau war ebenfalls die dominierende Farbe ihrer Kleidung. Ob auch ihre Ansichten grau waren?

Karl-Otto saß Sabrina genau gegenüber. Er nickte ihr zu und in diesem Nicken las sie Resignation und Unterwürfigkeit. Verstärkt wurde der Eindruck noch durch seine in einem graukarierten offenen Campinghemd steckenden Hängeschultern. Und gleich würde sich das offene Hemd noch mehr öffnen, denn er hatte es nicht korrekt zugeknöpft. Der Rand seines weißen Feinripp-Unterhemdes lugte schon neugierig über den Tisch, genau zu Sabrina hinüber. Irgendwie war ihr das alles peinlich.

Sie versuchte in eine andere Richtung zu sehen. Der Möglichkeiten gab es nicht viele. Rechts saß Norbert, dessen Anblick sie ja nun schon in den unendlichen Ehejahren mehr als auswendig kannte. Links saß Clothilde. Und dann war da noch die Möglichkeit, sich intensiv ihrem Teller mit der Forelle Blau zu widmen, den der dunkelhaarige Kellner in diesem Moment mit einer schwungvollen Bewegung servierte. Ah ja, der Kellner, der charmante Hüne. Der wäre eine

Sünde wert gewesen. Bestimmt trug er kein Fein-
ripphemd, bestimmt war er nackt bis auf einen
winzigen Slip. Sabrina seufzte und verlor sich in
ihren gar nicht artigen Fantasien. Unsanft wurde
sie wach gerüttelt. Erstens durch Norbert: „Dein
Essen wird kalt". Zweitens durch Clothilde:

„Karl-Otto, der Knopf, kannst du dich nicht mal
richtig anziehen?" hörte Sabrina die Dame Clothilde sagen. Sie konnte sich nur mit Mühe ein
Grinsen verkneifen. Sein Name lautete tatsächlich Karl-Otto!

Clothildes prüfende Augen hatten den Ausreißer
erblickt. Schnell schob sie ihn, den Knopf, wieder
in den dafür vorgesehenen Schlitz zurück, zupfte
bei dieser Gelegenheit auch noch eine unsicht-
bare Falte aus seinem Hemd, lehnte sich zurück
und nickte sich selbst nach dieser profanen
Handlung wie anerkennend zu.

Karl-Otto allerdings zollte ihr keine Anerkennung.
Nein, im Gegenteil, er zuckte leicht zusammen.
Die Berührung schien ihm unangenehm zu sein
und er schaute Sabrina entschuldigend an. Sie
aber schaute schnell wieder auf ihren Teller. Die
Bachforelle benötigte zum Glück ihre volle Konzentration. Wegen der Gräten. Sie ließen sich
allerdings sehr leicht lösen. Gewiss ließen sich

die Knöpfe am weißen Oberhemd des Kellners mindestens genauso gut lösen.

Lecker schmeckte die Forelle Blau. Ob die Küsse des Kellners auch lecker schmecken würden?

Da kam er. Die Dame Clothilde hatte ihn gerufen. Sabrina schaute ihn mit einem „Ich möchte dich vernaschen"- Blick an. Wenn sie nicht irrte, gingen seine Gedanken in die gleiche Richtung. Doch er war schließlich im Dienst. Mit beflissener Miene notierte er deshalb Clothildes Bestellung. Sie wollte ein Bier. „Bringen Sie mir auch eins", bat Karl-Otto.

Sie: „Ich bestelle dir ein Radler. Denke an gestern, da hattest du eindeutig zu viel getrunken, Karl-Otto!"

Beifall heischend schaute sie in Sabrinas Richtung. Der Beifall blieb natürlich aus.

Er: „Das war ja nur, weil wir uns vorher gestritten hatten."

Als die Getränke gebracht wurden, griff Karl-Otto nach dem Bier, sie klopfte ihm streng auf die Finger. „Das ist meins!" Er lächelte verlegen.

Dann kam der Moment, an dem sich Sabrina den Satz gewünscht hätte: „Wir zahlen dann gleich." Doch ihr Wunsch wurde nicht erfüllt. Im Gegenteil. Clothilde bestellte eine „Kalte Platte" und er einen „Strammen Max".

Nachdem der Kellner gegangen war, raunte sie ihrem Ehemann zu: „Du und strammer Max, na, dass ich nicht lache!" Und er etwas zögernd, dann aber erschrocken über seinen plötzlich erwachenden Mut: „Bei einer anderen wäre ich es garantiert!" Er schaute Sabrina direkt in die Augen. Oder in ihren tiefen Ausschnitt?

Clothilde empörte sich: „Das ist ja wohl das letzte! Wir gehen. Trink aus. Herr Ober, wir gehen, was sind wir Ihnen schuldig?"

„Und der Stramme Max?" fragte dieser erstaunt? Sie, sehr laut und barsch: „Den gibt's nicht mehr." Und mit diesen Worten schob sie ihren Stuhl hastig beiseite, sodass er umkippte, legte das Geld für die Getränke genau abgezählt auf den Tisch und verließ hoch erhobenen Hauptes das Lokal. Gefolgt von ihrem Ehemann.

Der Kellner nahm das Geld und ließ seinen Blick dabei ganz unauffällig auf Sabrina ruhen. Sie las darin wie in einem offenen Buch. Es war ein Buch, das sie außerordentlich interessierte.

Norbert stellte den Stuhl wieder an seinen Platz zurück. Dieser kleine Augenflirt war ihm entgangen. Er verlor auch kein Wort über den Zwischenfall mit dem Ehepaar.

Nun konnten sie sich ungestört ihrem Dessert widmen. Dem krönenden Abschluss dieses Abends. Danach würde man die Ferienwohnung aufsuchen und ohne andere Aktivitäten, aber immerhin mit einem Gutenachtgruß einschlafen.

Aber war der Abend für Sabrina auch schon vorbei?

Der Kellner hielt ihr beim Hinausgehen die Tür auf. Er reichte ihr die Tasche, die sie versehentlich auf ihrem Stuhl liegen gelassen hatte. Sabrina lächelte verstohlen, als sie nach der Taschenübergabe einen winzigen Zettel in ihrer Hand spürte.

Sie würde später noch einen Spaziergang in den nahe gelegenen Park unternehmen.

Sympathisches Einzelstück sucht...

Bedauernswertist die Frau, die nichts ztu bereuen hat.
(Jeanne Moreau)

René, so lautete sein richtiger Name, und „Freyja", die eigentlich Susanne hieß, hatten sich auf diesem Portal kennen gelernt, das sich sinnigerweise „Suchst du mich?" nannte.
Obwohl sie inzwischen häufig bei whatsapp miteinander gechattet und sogar einige Male telefoniert hatten, konnte man vom einem eigentlichen Kennenlernen nicht sprechen. Sie fanden sich recht sympathisch, konnten über Gott und die Welt reden, verfügten über die gleiche Art von Humor und waren überhaupt nicht prüde. Weil das alles passte und weil sie großen Nachholebedarf auf sexuellem Gebiet hatten, würden sie sich schon bald treffen.
Ihnen war klar, dass sie nach dem üblichen Kennenlern- Kaffee höchstwahrscheinlich auch den Rest des Tages miteinander verbringen wollten. Natürlich nur, wenn das gewisse Kribbeln sich auch einstellte, das beim Telefonieren permanent vorhanden gewesen war.

Zwar entsprach René nicht unbedingt ihren Vorstellungen, was die Körpergröße anbelangte, aber waren einige Zentimeter mehr oder weniger wirklich so ausschlaggebend? Allerdings sah man auf dem Bild, welches er ihr sendete, einen kleinen Bauchansatz. Eigentlich liebte sie große und schlanke Männer. Doch da sie selbst in den letzten Wochen etwas an Gewicht zugenommen hatte, akzeptierte sie es.

Sie chatteten tagsüber bei whats app und am späten Abend als Fortsetzung auf der Suchst du mich- Seite. So sollte es auch an diesem Tag sein. Dass alles ganz anders kommen würde, ahnte keiner der beiden.

Gegen 23 Uhr schaltete Susanne den Rechner ein und sah, dass René online war. Sie schickte ihm eine Kurznachricht, doch er reagierte nicht darauf.

Ihr fiel ein, dass dies schon einige Male vorgekommen war. Wieso reagierte er nicht? Die Alarmglocken läuteten Sturm. Spielte er etwa mit gezinkten Karten?

Nach der dritten unbeantworteten Nachricht reifte in ihr ein verrückter Plan. Sie würde ihn testen. Er kam sozusagen auf den Seitensprung- Prüfstand. Das ging so: Den PC angeschaltet lassen und dazu noch das Notebook anwerfen, sich mit einer anderen Mailadresse im Portal anmelden, dann die Verifizierung vornehmen und abwarten. Keine fünf Minuten dauerte es, und schon war Susanne doppelt vertreten.

Nun den Köder auswerfen. Als Profilnamen wählte sie recht zweideutig „Blonde Sucht". Und sie frisierte ihr Profil so, dass es genau seinen Wünschen entsprach, die er betreffs Frau angegeben hatte.
Danach ließ sie die Suchmaske arbeiten. „Sympathisches Unikat" war leicht zu finden. Sie betrat kurz seine Seite und verschwand sofort wieder. Bingo!
Nur Minuten später kam er auf ihr Profil. Kurz danach schrieb er sie an.

„Hallo Blonde Sucht, sei gegrüßt. Ich habe dich noch nie hier erblickt. Bist du neu hier? Du warst auf meinem Profil, wie ich gesehen habe. Interessiere ich dich?"

„Hallo, grüß dich. Dass du mich jetzt erst erblickt hast, hatte einen triftigen Grund. Ich ließ mein Profil nach der Registrierung erst einmal ruhen. Da waren mir zu viele aufdringliche Männer. Heute konnte ich nicht schlafen und erinnerte mich plötzlich an meine Anmeldung hier. Als ich meine Profilsuche präzisierte, was den Ort und das Alter betraf, spuckte mir die Suche unter anderem dich aus. Aber mal ehrlich: Ich finde, du bist in der Auswahl einer passenden Frau recht anspruchsvoll."

„Was meinst Du damit? Meine Ansprüche aus meinem Profil? Sind die zu hoch für dich? Versuche es doch einfach mit mir, ich würde Dich sehr gerne kennenlernen!"

„Ich habe mir eben unsere Sternzeichen angesehen und ich glaube nicht, dass Löwe und Jungfrau zusammenpassen. Oder sehe ich das falsch?"

„Weißt Du, ich gehe auf Horoskope und derartige Dinge nichts, glaube eher, dass Erziehung und soziales Umfeld wichtiger und prägender sind als Sternzeichen. Im Übrigen steht in so vielen Profilen hier Müll, dass auch die Sternzeichen nicht immer stimmen müssen. Bei mir stimmt es. Löwe bin ich gerade so geworden, knapp am Krebs vorbei... Und ich glaube ebenso, dass man auch bei der Wahl (s)eines Affairepartners ruhig etwas anspruchsvoll sein darf, wenn die Sache nicht nur ein ONS werden soll. Durchschnitt und Mittelmaß genügen dir bestimmt ebenso wenig. Ich bin überzeugt davon, dass der Mann, den Du an Dich ran lässt, etwas Besonderes sein muss. Wo in Berlin wohnst du denn überhaupt?"

Susanne grinste in sich hinein. Ähnliche Worte hatte sie auch als Freyja von ihm schon gehört. Wie viele andere Männer hier auf diesem Portal schien auch er mit „copy & paste" zu arbeiten.

„Ich komme aus Wilmersdorf, bin Sekretärin in einem Büro. Und du? Ich finde deine Ansichten interessant. Natürlich werde ich sorgfältig auswählen. Was nicht so einfach ist bei den vielen Zuschriften.

Aber ich muss jetzt den PC ausschalten, mein Chef ruft mich. Evtl. bis morgen? Liebe Grüße von der Blonden "Sucht". Was ja auch anders zu verstehen ist."

„Diese Zweideutigkeit im Namen gefällt mir. Egal ob aus uns beiden mal was wird; bleibe stets kritisch, wählerisch und anspruchsvoll - so wie ich ! Und ich glaube, dass sich deine Bedenken jetzt wie von selbst aufgelöst haben sollten. Ich freue mich auf dich! Liebe Grüße vom "Unikat"!

Susanne alias Blonde Sucht schaltete ihr Notebook aus und widmete sich nun ihrem PC mit dem ursprünglichen Profil. Die „Blonde Sucht" wurde wieder zu „Freyjas Lust".

René hatte inzwischen auf ihre Nachricht geantwortet. „Liebe Freyja, entschuldige, dass ich erst jetzt antworte, ich musste den PC kurzzeitig verlassen. Meine Frau stand plötzlich im Zimmer. Ich freue mich riesig auf dich, es wird spannend werden. Wir werden bestimmt außergewöhnlich gut im Sex zusammen passen, das spüre ich einfach!"

Dieser Lügner, von wegen, PC verlassen müssen! Na warte, dir werd' ich's zeigen. Aber ich lasse dich noch einen Tag zappeln, sagte sich Susanne und ging schlafen.

Der nächste Tag. Bei WhatsApp eine Nachricht von ihm. Er betitelte sie mit „Mein liebstes Affäre-Weibchen" –igittigitt- und schrieb, dass er sich auf ihr erstes Date freuen würde. Und dann noch- sie glaubte sich verlesen zu haben: „Ich bekomme schon du weißt schon was, wenn ich nur daran denke!"

Am nächsten Abend loggte sie sich als Blonde Sucht ein. Er schien schon auf sie gewartet zu haben und schickte eine Kurznachricht

„Ich komme übrigens aus Spandau und arbeite ebenso im Büro wie du, aber mit dem Unterschied, dass ich zwei davon habe. Eines in Spandau, und das andere in Tiergarten. Du kannst René zu mir sagen; das machen alle anderen auch,*schmunzel*.

Sie antwortete: „Also René, das, was du schreibst, klingt ja ungemein interessant. Und irgendwie spannend. 2 Büros? Und dann schreibst du aber was deinen Namen angeht: „das machen die anderen auch". Du hast wohl mehrere Damen hier? Oder wie soll ich das verstehen?   Bist wohl hier bekannt wie ein bunter Hund?"
Er: „Nein, so war das nicht gemeint. Falls du mein Profil genau gelesen hast, müsstest du wissen, dass ich die Treue in der Untreue bevorzuge. Verstehst du, was ich damit zum Ausdruck bringen möchte? Also nichts mit mehreren Damen hier. Ich meinte mit "die anderen" die Familie, die Freunde, die Kollegen und bitte auch jetzt - Du...Übrigens, wie ist dein richtiger Name?

Moni, die „Blonde Sucht", schrieb zurück: „Langsam, langsam. Ich frage dich erst einmal im Gegenzug, ob du mein Profil genau gelesen hast, also meine Vorstellungen an den   eventuellen Seitensprungpartner kennst. Entsprichst du denn meinen Erwartungen, was das Aussehen angeht? Bist du groß und schlank? Wenn ja, können wir weiter reden. Wenn nein, dann war's das gewesen. Aber egal, meinen Namen   muss ich nicht verheimlichen, ich heiße schlicht und einfach Moni."

Er: „Also Moni, mein Interesse hast Du geweckt, Ich würde sehr gerne mit dir in Kontakt bleiben, vielleicht erst einmal per E-Mail, weil es komfortabler ist. Stimme ist mir ebenso wichtig und dann natürlich der allererste Blickkontakt. Kribbeln, Gänsehaut, Schmetterlinge, du verstehst?"

Diese Wortwahl kannte sie zu gut. Er schien mit c&p zu arbeiten. Auch deshalb war Moni – Susanne auf seine nächsten Worte gespannt. Sie murmelte vor sich hin: Susanne, wollen wir wetten? Jetzt kommt der Satz mit dem Treffer.

Es war genauso wie sie es vorausgeahnt hatte: „Ja, es könnte ein Treffer sein - für uns beide...du, ich kann es kaum erwarten, deine Stimme zu hören, liebe Moni."

Diese Wette hätte sie also gewonnen. Ohne Preisverleihung. Lediglich die Namen hatte er ausgetauscht. Statt Susanne einfach Moni eingesetzt. Na warte, Bürschchen, dir geb' ich's!

Sie las weiter: „Wollen wir morgen mal telefonieren? Ich habe vormittags frei. Ja, wirklich, Moni, es könnte ein Treffer sein. Und deine Stimme macht mich schon heute an, obwohl ich sie noch nicht gehört habe..."

Dieser abgefeimte Lügner! Hatte er nicht ihr, Susanne, mit Bedauern in der Stimme mitgeteilt, dass er den ganzen Tag dienstlich unterwegs wäre und keine Zeit für Telefon finden würde?

In ihr brodelte es gewaltig. Sollte sie noch bis zum nächsten Tag mit dem letzten Akt warten? Nein. Ihr Augenblick war gekommen. Rache ist so süß! Das Finale dieser Seifenoper war gekommen.

Vorhang auf. Susanne- Freyja alias Moni- Blonde Sucht atmete kräftig durch, spannte den „Bogen" und schoss ihren sorgfältig angespitzten Pfeil ab:

„Ja, so könnte es sein, René. Genauso. Wenn da nicht dieser Zufall wäre, dieser dumme, dumme Zufall.

Stell dir vor: Gestern war ich mit meiner Freundin im Kino. Danach hatten wir uns wie immer noch viel zu erzählen, schließlich sind wir ja beide auf der „Suche" nach –du weißt schon was. Ich erwähnte natürlich meine "eventuelle Eroberung" und sie darauf die Ihrige. Wir mussten danach wirklich schallend lachen. Ich bin gespannt, ob du in unser Gelächter einstimmst oder uns sogar Applaus spendest. Denn ganz zufällig trägt meine Freundin den hübschen Namen Susanne und nennt sich manchmal „Freyja". Was sagst du nun?"

Der Beifall blieb natürlich aus. Und eine Antwort von ihm ebenfalls. Das grüne Online-Lämpchen im Portal erlosch: René ist offline.

Eine Stunde später kam eine Antwort und zwar auf Susanne- Freyjas Profil:

„Wirklich, alle Achtung – ich bin beeindruckt! Aber im positiven Sinne, auch wenn es blöd klingt. Ich scheine deinen Test nicht bestanden zu haben. Denn ein solcher war es ja wohl, oder? Tja, es ist trotzdem sehr schade, dass es nun nicht zum Treffen kommt! Denn dann, wenn es gefunkt hätte, wäre ich bestimmt hier ausgestiegen. Nun ja - eine tolle Geschichte ist es allemal, kleine Moni-Susanne...

Und Du hast keine Lust mehr auf mich? Kaum zu glauben....
Wenn es dein Wunsch ist, dann ziehst Du also für dieses Mal die Reißleine. Ich sage Dir - ohne Groll - ebenfalls Ciao und schicke für dieses Mal noch ein Schade hinterher!"

„Für dieses Mal? Das klingt nach Wiederholung. Nicht mit mir. Alles Gute für das Unikat und beim nächsten Versuch wie üblich C&P nicht vergessen!"

Wollen Sie wissen, ob es noch eine Fortsetzung gab, ich meine, eine Live-Fortsetzung? Was hätten Sie denn an Susannes Stelle getan?

Ehrlich gesagt, waren ihre Rachegelüste noch nicht befriedigt. Da musste noch etwas kommen.

Er wartete vergeblich am Eingang des von ihm gebuchten Stundenhotels.

Inzwischen trank sie im „Ristorante Mario"in aller Ruhe ihren Latte Macciato aus und beobachtete ihn. Immerhin wartete er etwa 15 Minuten auf ihr Kommen, bis er ging.

Als danach seine Sms eintrudelte mit einem: "Wo bleibst du denn?", ließ sie sich noch ein Glas Prosecco bringen, nahm einen Schluck und antwortete: „Ich blieb im Restaurant gegenüber. Tschüss, du Unikat!"

Nachdem sie ihr Glas leergetrunken hatte, blockierte sie seine Telefonnummer. Ade, du Unikat!

Das Geständnis eines Mannes

„Ist das ein Revolver in Ihrer Hose, oder freuen Sie sich nur, mich zu sehen?" (Mae West)

Irgendwann Mitte Dezember war ich soweit. Irgendetwas musste sich in meinem Leben ändern. Ich bin Mitte vierzig, voller Tatendrang und in der Blüte meiner Jahre. So schätze ich mich jedenfalls ein. Ich wollte es endlich wissen, wollte meine Reize auf das andere Geschlecht ausloten. Ich wollte endlich genießen ohne Reue und ohne schlechtes Gewissen. Zwar heimlich, doch im Bewusstsein der vollen Überzeugung. Ja, nur kein halbherziger Ausrutscher und im Bett mit der Anderen nebenbei noch daran denken, ob es recht ist was ich tue. Klar es ist Betrug, aber es ist genauso gut Befreiung. Ich will Sehnsucht, Begehren Leidenschaft erleben - ich hab das lange genug in einen Winkel tief in mir verdrängt. Es will jetzt nicht mehr dort in diesem Winkel verkümmern. Es will ans Licht. Ich will die Lust, den geilen Sex, wild und ungezügelt. Ja, ich will.
Ich bin durchaus glücklich verheiratet. Meine Frau ist mir in all den Jahren eine gute innige Freundin geworden. Viele sehr schöne Erlebnisse säumen unseren gemeinsamen Weg, in manch schwerer Stunde traten wir füreinander

ein. Wir haben Kinder, das ist schön. Wir fühlen uns wohl miteinander. Doch es ist mehr oder weniger nur noch Freundschaft in der Ehe, Ich aber will Lust genießen, Erotik voller Phantasie. Wir sprachen wirklich viel und auch offen darüber, doch ändern tat sich nichts. Sie verstand meine Wünsche nicht. Wir sind eben nur gute Freunde.

Genug jetzt, sagte ich mir, ich geh neue Wege. Ich will's versuchen wie es ist, will sehen, ob ich eine Geliebte finde. Zeitungsinserate? Nein, zu viel Aufwand und zu geringe Chance. Email, ach das dauert alles zu lange. Vielleicht ein Chat im Internet? Da kommt Mann schnell zur Frau oder wenn es nicht passt, geht es gar nicht erst los. Kein langes Hin und Her. Es geht mir ja um Sex und Lust. Geht es mir wirklich nur darum? Ach, Peter, lass die Fragen, du suchst eine Frau fürs Bett, oder vielleicht auch nicht nur im Bett oder auch unter der Dusche oder auf dem Tisch, das find ich gut. Jedenfalls lustvoll und erotisch soll sie sein, sagt eine Stimme nun in mir. Ich lass die Suchmaschine laufen. Hunderte von Einträgen - viel Schrott dabei. Fast überall Gebühren oder Dealer. Es scheint, was Erfolg verspricht, das kostet Geld. Willkommen im Leben, lieber Peter. Auch der Sex ist hier nicht umsonst, wenn auch andere daran verdienen. Was soll's, ich wage es. Nach einer Weile stoße ich auf eine Seite Dating- 456, die Inserate scheinen mir recht interessant. Frauen aus der näheren Umgebung und nicht wenige, ja, das liest sich gut. In einer Stunde muss der Weg zu machen sein, sonst funktioniert das nicht und alles bleibt ein Traum. Doch ich hab nun genug geträumt, ich will geilen Sex.

Ich lasse mich registrieren, zahle meinen Obolus. Es geht ganz schnell und bin ich drin. Der Weg ist offen für das Abenteuer. Jetzt lege ich mein Profil an:

Ich hab Lust auf Lust, du auch? Wollen wir uns auf einen Seitensprung verabreden und feststellen, dass daraus eine schöne Daueraffäre wird? Oder sollte es bei einem ONS bleiben? Dazu das Übliche wie Alter, Figur Größe und wann Mann Zeit hat, das find ich wichtig. Ein Foto habe ich schon vorbereitet. Zwar gewagt, sich hier zu präsentieren. Es könnte ja auch andere sehen und meiner Frau davon berichten. Ich wische die Zweifel einfach weg und arbeite ins Foto die „Gaußsche Unschärfe" ein. .

Jetzt will ich's aber wissen. Nun ja, die Damen, sie geben sehr wenig von sich preis. Ich schreibe sie einfach an, die Suchmaschine hilft dabei und stellt mir 57 Frauen vor. Ein kurzer Gruß ist schnell versandt, erotisch lüstern formuliert. Dank der Kopierfunktion am PC hatte ich diese Arbeit – Arbeit ist hier wohl nicht das richtige Wort - recht schnell getan. Jetzt ab in den Chat, zwei sind aus der Nähe da. Blitznachricht hin, doch zurück kam keine. Zweiter Versuch. Nur nicht entmutigen lassen, vielleicht etwas witziger sein, doch wieder nichts. Immerhin habe ich dreiundzwanzig Mails an Frauen verschickt. Ein erster Schritt ist getan. Ich habe es gewagt – ein Glücksgefühl durchflutet mich.

Am nächsten Morgen ruckzuck eingeloggt, immerhin haben 13 meinen Brief gelesen, doch Antwort gab es keine. Nur nicht lockerlassen, denke ich und schreib noch einmal. Danach ein Stündchen in den Chat. Oh, wer ist Kerstin 69? Das klingt nach Sex, oral, das find ich gut. Schnell einen flotten Spruch gesendet. Sicher wieder www. weltweit warten. Doch die Antwort kommt ganz schnell. Es wird etwas hin her gechattet. Das geht ja gut los. Schnell ist uns beiden klar, dass wir wohl das gleiche suchen, hemmungslosen Sex. Wir verabredeten uns für den Abend so gegen 21.00 Uhr im Chat. Nur gut in meinem Büro habe ich immer etwas zu tun. Dort bin ich ungestört.

Die Zeiger der Uhr rückten zögernd weiter, doch dann war sie da. Es ging gleich zur Sache. Geile hemmungslose Anmache, auch Cybersex genannt. Doch ich wollte mehr, wollte sie real. Ja, sie ließ sich schnell darauf ein. Am nächsten Tag schon sollte das Treffen sein.

Die Nacht schlief ich äußerst unruhig.

Sie stieg aus ihrem Wagen, etwas füllig, doch attraktiv, Mann oh Mann, die hat ja einen vollen Busen. Wir blickten uns kurz in die Augen und es war klar: Wir wollten uns. Schon vor dem Einsteigen ein tiefer Kuss. Schnell verschwanden wir auf einen abgelegenen Weg. Motor abgestellt und schon zog sie die Jacke aus, öffnete die Bluse. Das Fleisch quoll aus dem BH, die halterlosen Strümpfe blitzten. Wir wollten Sex, wir wollten Lust und wir genossen alles bis zur Neige. Nach zwei Stunden ein letzter Kuss und jeder ging seiner Wege. Auf der Fahrt zurück dachte ich, so schnell kann es gehen, ich muss nur wollen. Ich war glücklich über mich. Ich nutzte die Gelegenheit. Doch jede Woche eine andere?

Wie Freyja seit kurzem weiß, hat er sich inzwischen „ausgetobt" und ist wieder mit dem zufrieden, was seine Frau ihm bietet. Ob für immer? Keine Ahnung.

ie Silbermondwiese

Kürzlich besuchte mich wieder einmal nach langer Zeit Saskia, eine ehemalige Berufskollegin.

Wir hatten uns immer sehr viel zu erzählen, und natürlich wurde dem Thema „Männer"" ein breiter Rahmen eingeräumt.

Nach definitiv zu viel Kaffee und Kuchen beschlossen wir spontan, einen kleinen Verdauungsspaziergang in den nahe gelegenen Wald zu unternehmen.

Das Wetter konnte nicht besser sein, die Sonne schien und die Vögel zwitscherten. Ein Duft von frischem Heu lag in der Luft.

Wir kamen an einer Sommerwiese vorbei, die zum Verweilen einlud. Ich pries in den höchsten Tönen die herrliche Blumenpracht, die Sommerdüfte, doch mit jedem meiner Worte wurde Saskia stiller.

Ich fragte sie: „Was ist denn auf einmal mit dir los? Geht es dir nicht gut? Hast du Sorgen? Übrigens, du hattest mir doch von diesem tollen Mann erzählt…"

Oh, das waren wohl die falschesten Worte, sie man sagen konnte. Denn nun begann Saskia zu schluchzen. Hatte sie etwa Liebeskummer?

Ich wusste nur zu gut, wie man sich in solch einem Fall fühlt und nahm sie in meine Arme.

„Komm, erzähle mir alles, das erleichtert dich bestimmt. Ich weiß aus eigener Erfahrung, dass es hilft, wenn man über etwas redet, das einen bedrückt, ja, das ist ganz wichtig."

Immer noch schluchzend erzählte sie mir die folgende Geschichte, die zuende war, bevor sie wirklich begann.

Heutzutage beginnt „so etwas" wenn nicht über eine Datingseite dann doch meist über ein soziales Netzwerk.

Über Facebook hatte es wohl plötzlich Klick zwischen den beiden gemacht. Sie schrieben sich Mails. Sie tauschten Bilder aus. Sie fanden sich sehr sympathisch. Saskia sprich Alphawölfin – so war ihr Nick auf der Datingseite gewesen- fühlte sich bei ihm richtig geborgen. Ihn hätte sie gern erwählt zum Wachküssen. Denn wachgeküsst wollte sie werden, um dann, wenn auch spät- doch noch die große Liebe zu erleben. Von so vielen Männern war sie enttäuscht worden.

Oh ja. Gerade ihn. Ihn wollte sie haben. Sie trafen sich zum Kaffee in einer nahe gelegenen Stadt. Sie redeten, redeten, sie hatten sich so viel zu sagen. In so vielen Dingen stimmten sie überein. Die gleiche Musikrichtung, die gleichen Filme, denselben Humor. Er verschlang sie mit

Blicken. Er küsste sie immer wieder beim Abschied, konnte sich nicht von ihr trennen.

Sie chatteten nun täglich miteinander, sie kamen sich immer näher. Er erzählte von seiner tot gelaufenen Ehe, sie von ihrer Suche nach der großen Liebe und später, als sie noch mehr Vertrauen zu ihm hatte, auch ein wenig von ihren Dating-Erlebnissen. Plötzlich herrschte Stille zwischen ihnen. Was war geschehen? Er antwortete nicht mehr auf ihre Mails. Hatte er eine andere gefunden? Saskia wurde immer unruhiger. Eines Abends dann kam dieser Brief. So poetisch-so schön, aber vor allem so traurig.

Mir hat nur geträumt. Ich lag auf einer Nebelmondwiese. Ich wusste, es war das Jagdrevier einer Wölfin. Ich wollte erlegt werden. Und da kam sie auch schon, auf leisen samtenen Pfoten. Langsam sah ich sie näher kommen. Sie nahm mich in ihre Fänge und biss sanft zu. Ich wäre so gern bei Ihr gestorben. Verletzen? Nein, verletzen wollte sie mich nicht, doch einer ihrer Reißzähne ritzte mich. Ich wurde wach. Was war das an meinem Hals? Blut, eine Träne? Nein, es war nur ein Tropfen Tau von der Silbermondwiese. Mir hat nur geträumt. Lebe wohl, Du meine Königin der Jagd. Wir sind zu verschieden. Lebe wohl......

Ich wunderte mich. So verschieden waren die beiden doch gar nicht!

Wir gingen zu meiner Wohnung zurück und tranken eine Flasche Prosecco leer. Das schien ihren Schmerz ein wenig zu betäuben. Dann brachte ich sie zum Zug. Ich hätte ihr so gern geholfen! Nur wie?

Lange hörte ich nichts von ihr. Doch gestern rief sie mich an. Ganz aufgeregt. Die Worte sprudelten nur so aus ihr heraus.

Er hatte sich in der Zwischenzeit von seiner Frau getrennt und begann, nach Saskia zu suchen. Seine Mails beantwortete sie nicht. Er schrieb immer wieder, bat sie um Verzeihung, er versuchte sie zurück zu gewinnen.

Sie glaubte seinen Beteuerungen nicht. Er war hartnäckig, und er gab nicht auf.

Irgendwann erlahmte ihr Widerstand, denn in ihrem Inneren liebte sie ihn ja noch genauso wie am Anfang.

„Und was ist jetzt?", fragte ich neugierig, „werdet ihr euch wiedersehen?"

„Ja, was denkst denn du! Natürlich bald, schon morgen..." kam ihre Antwort.

Sie werden sich also wiedersehen. Wie schön. Und vielleicht fängt nun alles erst richtig an- auf einer Silbermondwiese?

Eine Gefühls-Leiter

Geschafft. Wir haben noch einmal die "Kurve" gekriegt. Wir sind eine Stufe heruntergestiegen von unserer "Gefühlsleiter", wir haben auf jeder Seite eine zusätzliche Verstrebung eingezogen und dadurch wieder eine bessere "Bodenhaftung" bekommen.

Zu viel in den Wolken zu schweben ist wunderbar, die Schmetterlinge tanzen dabei wie wild, und man möchte in diesem Zustand ewig verweilen!

Aber mitten in unserer Gefühlseuphorie hinein kam die Vernunft und rief: Runter mit euch, was glaubt ihr denn, wo ihr seid?

Wir antworten wie aus einem Munde: Wir wissen es genau. Im siebenten Himmel! Noch nie so intensiv im siebenten Himmel gewesen! Also lass uns da, wir wissen selbst, dass wir dort nicht bleiben können! Zu gegebener Zeit werden wir Platz für andere schaffen, die den gleichen Fehler begehen wollen!

Den gleichen Fehler? War es denn wirklich ein Fehler? Oh nein, ein Fehler wäre es in ihren Augen, wenn sie ihre Gefühle auf Dauer unterdrücken würden und dafür das tun, was die anderen

Mitmenschen von ihnen erwarten.

Man soll sich gefälligst nach den Regeln richten, die existieren, und man soll die vorgegebenen Normen einhalten, die nun einmal aufgestellt wurden..

Aber diejenigen, die sich am meisten aufregen, ja, die mit dem erhobenen Zeigefinger, die haben selbst ein großes Problem mit ihren eigenen Wünschen. Oh ja. Wie gern würden sie auch einmal aus der Reihe tanzen, wie gern würden sie jemand ganz anderes sein! Dies und das und dann noch jenes erleben. Aber sie haben Angst. Angst vor Veränderung. Angst, sich zu blamieren, sich zu verraten. Angst, schief angesehen zu werden. Aber: Hat nicht jeder Mensch heimliche Wünsche? Warum es sich nicht eingestehen? Warum es nicht ausleben?

Was? Da sagt eben einer zu mir, er hätte schließlich Verantwortung zu tragen für die Ehe. Und er wäre so glücklich. Ja, aber im gleichen Atemzug erzählt er, dass er einen Seitensprung erleben möchte?

Nun, es ist jedermanns Sache allein. Jeder muss abwägen. Jeder ist in erster Linie für sich selbst verantwortlich. Es ist auf jeden Fall nicht leicht, sich richtig zu entscheiden. Wobei das Wort „richtig" auch so eins mit vielen Deutungen ist. Genau das, was für den einen richtig ist, bedeutete für den anderen das Gegenteil.

Man kann natürlich wochenlang darüber diskutieren, welches Leben das Richtigere oder das Bessere ist... das Ausschweifende oder das Geradlinige. Wahrscheinlich liegt die Wahrheit wie immer irgendwo dazwischen.

Es gab aber nun mal Theresa und Norman. Sie beide hatten sich gefunden. Und sie wollten ihre Träume nicht nur träumen, sondern einen großen Teil davon erleben. Die Leiter hatte schließlich viele Sprossen.

Tage vergingen, Wochen vergingen. Endlich sollten sie sich wieder sehen. Dieses Date sollte an einem besonderen Ort stattfinden, und zwar in einem Stundenhotel. Gebucht hatte er das Spiegelzimmer.

Schon einmal hatte Norman dort in diesem abgelegenen Hotel das Zimmer mit dem viel versprechenden Namen bestellt. Theresa aber sagte kurzfristig ab. Mit einer fadenscheinigen Ausrede war sie ihm gekommen. Krank, erkältet. In Wirklichkeit las ihr „Frau Moral" zu dieser Zeit die Leviten. Und anstatt wegzuhören, ließ sie sich von ihr beeinflussen. So in der Art: Was tust du da eigentlich? Denke an dein Alter. Du hast doch sonst alles. Du musst doch endlich ruhiger werden. Lenke dich ab mit Fensterputzen, Gardinenwaschen, Staubwischen. Pass auf deine Enkel auf. Oder gehe tratschen zur Nachbarin! Nein, das war nicht ihre Welt, Tratschen gleich gar nicht Und jetzt, seit sie selbst nicht „nach der Norm" lebte, erst recht nicht. Sie verstand die Frauen und Männer, die aus der Reihe tanzten, die anders als die Mehrheit waren, noch besser als vorher. Normans Worte: Bitte dieses Mal nicht wieder kneifen, ja? Sie versprach es. Sie versprach es sogar gern. Denn sie war eine Frau, und Frauen sind von Natur aus neugierig. Oder auch neu-gierig? Sie war es jedenfalls. Immer wieder aufs Neue. Auf ihn. Seltsamerweise immer noch.

Auf einer Datingseite hatten sie sich kennen gelernt. Wo sonst sollten sich Mann und Frau auch anders kennen lernen, wenn sich gravierende Defizite im ehelichen Liebes- und Gefühlsleben auftaten. Wenn das Ehebett und andere Schlafgelegenheiten nur noch zum Zwecke des tiefen, festen und ruhigen Schlafs dienten. Ohne erregende zwischenzeitige Wachzustände. Wie diese verzwickte Situation elegant lösen? Ohne den anderen zu verletzen? Auf der Straße trägt niemand ein Schild: Ich suche den unauffälligen Seitensprung.

Sie beide also hatten dort im Internet gesucht und sich gefunden. Wobei sie selbst erst gar nicht begeistert gewesen war von seinen Vorstellungen. Er suchte die attraktive selbstbewusste erfahrene Frau für eine zärtliche Zweitbeziehung. Zweitbeziehung? Nichts für sie. Ein weiterer Grund, ihn abzulehnen, war der, dass er weit entfernt von ihr wohnte. Später sollte sich dieser Umstand aber als äußerst günstig herausstellen. Nämlich ab dem Zeitpunkt, als er sie erobert hatte. Und nicht für eine kurze Affäre, sondern für eben diese Beziehung, die sie stets abgelehnt hatte. Für die Zweitbeziehung. Das Wort als solches mochte sie jedoch nach wie vor nicht. Es klang in ihren Ohren wie „Zweite Garnitur". Er hatte protestiert. Sie wäre die Nummer Eins.

Schritt für Schritt hatte er sie gewonnen. Das große Los gezogen? Genau so sagte er es ihr häufig. Dass sie für ihn so etwas Ähnliches wie ein Lotteriegewinn sei. Dass er genau solch eine Frau gesucht hätte. Schritt für Schritt hatten sie inzwischen ihre „Liebesaffärenleiter" erklettert. Ganz oben war plötzlich zu viel Liebe entstanden. Also musste ein Schritt zurückgegangen werden. Die Liebe musste wieder mehr in Sex umwandeln. Ob es funktionieren würde?
Das Erlebnis „Spiegelzimmer" zumindest ließ hoffen…

# Ein Abschiedsbrief

Gott sieht alles, aber er petzt nicht. (Anonyma)

Ich weiß nicht, welcher Philosoph geäußert hat, dass es keine absolute Wahrheit gibt. Umberto Eco lässt William von Baskerville in seinem Roman sagen: Es gibt keine absolute Wahrheit. Jeder hat seine eigene. Was ist meine Wahrheit in Bezug auf dich? Mein Liebster, ich sage sie dir jetzt frank und frei. Du wirst wohl danach die Konsequenzen ziehen.

Ich kann nicht mehr so leben. Ich habe mich gesträubt, viele Wochen lang oder sogar Monate gesträubt. Nein, nicht mit dir zu schlafen, nicht mit dir Sex haben zu wollen, nein, das alles meine ich nicht.

Als du schon von Liebe oder Verliebt sein sprachst, habe ich immer noch dagegen angekämpft...

Weil ich wusste, wo alles enden wird. Ich hatte es versucht. Ich wollte meinen Kopf klar machen, ich wollte nicht nur an dich denken, ich wollte nicht in den Fehler verfallen, den ich schon einmal gemacht habe.

Ich wollte nicht damit beginnen, dich zu lieben.

Ich wollte. Alles umsonst.....

Ich weiß zu genau, dass ich mehr als 10 Jahre älter bin als du. Gut, ich weiß auch, dass ich jünger aussehe, dass mein Körper nicht wie der einer um so viel älteren Frau ist. Das hat man mir oft genug bestätigt, so dass ich es wohl nun selbst glaube. Ich weiß, dass ich noch sehr auf Männer wirke, dass ich diese gewisse erotische Ausstrahlung habe, wenn ich es will, wenn ich mich gebe, wie ich im Innersten bin. Aber ich bin nun mal älter. Ich muss dir leider gestehen, dass ich dich mehr liebe als ich je einen Mann in meinem ganzen Leben geliebt habe. Doch ich weiß, dass unsere Liebe keine Zukunft hat.

Du glaubst nicht, wie weh mir dieses Wissen tut. Mit dir würde ich den Alltag erleben wollen. Mit dir würde ich noch einmal all das erleben, was in meinem dummen Kopf herumspukt. Illusorisch, weil anatomisch und altersmäßig nicht mehr möglich.

So, und nun musst du Tschüss sagen. Ganz schnell. Sag ruhig noch, dass ich dumm bin. Und dass ich es bereuen werde und dass du mich nicht so einfach gehen lässt und dass man niemals nie sagen soll. Gut, dann bin ich eben dumm. Egal, ich stehe dazu. Ich liebe dich. Nur dich. Und ich bin glücklich, dass ich diese Zeit mit dir erleben konnte. Aber nun musst du gehen. Oder ich muss gehen…Leb wohl.

lirten erwünscht!

Liebe deinen Nächsten, und wenn er groß und hübsch und braungebrannt ist, so fällt dies noch leichter. (Mae West)

Ich sitze im KaDeWe und trinke Prosecco. Ganz allein. Wundert Sie das? Was ist dabei? Ich gebe zu, dass es mir hier in Gesellschaft eines Mannes meiner Wahl bedeutend besser gefallen würde. Doch da keiner verfügbar ist, bin ich eben allein hier. Wobei „allein" nicht der richtige Ausdruck ist. Denn es wimmelt um mich herum nur so von Menschen.

Ich habe heute keine Verpflichtungen und gehe in solch einem Fall gern einer meiner Lieblingsbeschäftigungen nach. Nein, ein Spanner bin ich nicht, aber ich beobachte gern Menschen. Draußen im Straßencafé, in der S-Bahn, im Bus oder hier im KaDeWe. Die unterschiedlichsten Typen flanieren oder eilen an mir vorbei. Ich schaue in nichtssagende, durchschnittliche bis hochinteressante Gesichter. Bei diesem oder jenem denke ich mir eine Geschichte aus.
Zum Beispiel der mit der schäbigen Aktentasche, der sich gerade knapp neben mir auf einen Barhocker plumpsen lässt, sich den Schweiß von der Stirn wischt, sich ängstlich umschaut und

hastig ein Wasser trinkt. Die Aktentasche, die er an sich presst, ist bestimmt voller Geldscheine. Er hat soeben sein gesamtes Sparguthaben abgehoben, weil ihm die Bank nicht mehr sicher genug erscheint. Und nun überlegt er krampfhaft, wo er das Geld verstecken könnte.

Ein anderer scheint sexuellen Notstand zu haben, denn er streicht über das, was einem Schlüsselbund in der Hose ähnlich ist und schaut sich suchend um. Es heißt ja, dass Schwule sich untereinander erkennen. Und so könnte es tatsächlich sein, denn der Schlanke, der dort lässig und irgendwie aufreizend an der Champagnerbar lehnt, nicht übel sieht er aus, mustert den mit dem vermeintlichen Schlüsselbund kurz und schon gibt es eine mehr als innige Umarmung. So einfach geht das.

Ich selbst werde natürlich ebenfalls gemustert. Weil man allein herumsitzenden Frauen automatisch den Stempel „Sie sucht Anschluss" aufdrückt. Man taxiert sich gegenseitig. Man denkt: Ob der/die etwas für mich wäre?"

Der allgemeine Flirt beginnt. Ich flirte mit, logisch, und zwar mit dem Barkeeper. Er ist groß, schlank, braungebrannt und er hat ein bezauberndes Lächeln. Und diese Lippen. Die können bestimmt gut küssen. Ich verliere mich in Träumereien. Ich sehe mich, wie ich mit ihm in einer

Bar eng umschlungen tanze. Doch dann trifft mich ein Blick. Nein, nicht vom Barkeeper. Er kommt von einer Frau, ich möchte eher sagen, von einer Dame. Sie ist sehr elegant gekleidet, nicht mehr ganz jung, vielleicht sogar in meinem Alter, und sie lächelt mich an. Aber nicht einfach so. Nein, ihr Lächeln hat einen erotischen Touch. Einen Lesben-Touch. Ich lächle zurück. Deutet sie dieses Lächeln falsch? Ihr Blick ruht jetzt fragend aber auch fordernd auf meinen Lippen.

Mir fällt Mary ein. Eigentlich hätte ich jetzt bei ihr sein sollen. Mit ihrer überaus erotischen Stimme erzählte sie mir am Telefon in leichtem Plauderton, dass sie eine neue Kamera hätte. Die wollte sie testen. Ob ich einverstanden wäre, wenn sie mich in erotischen Posen fotografieren würde. Und wir hätten bestimmt viel Spaß. Die Flasche mit dem Amaretto stünde schon bereit.
Aha, erotische Fotos und Amaretto, Nachtigall ick hör dir trapsen. Ich weiß genau, was sie noch will. Sie will mit mir Liebe machen. Nicht erst ihre Stimme am Telefon hat es mir verraten. Ich spürte es schon letzte Woche, als wir gemeinsam beim Italiener in der Westfälischen Straße einen Sekt tranken.

73

Warum aber konnte ich nicht sofort „Nein" sagen? Warum sagte ich ihr nicht, dass mir ihre Idee etwas suspekt vorkommt?

Ich erzähle stattdessen, dass ich Besuch bekomme. Und ich sagte, ein andermal gern. Aber es wird kein andermal geben. Meine Ambitionen gehen definitiv in die Richtung Mann.

Jetzt weiß ich das genau. Irgendwann wusste ich das aber nicht so genau. Denn es machte mich an, Fotos von schönen und wenig bekleideten Frauen anzusehen. Unruhe überkam mich damals ob meiner seltsamen Gefühle und ich wollte es genauer wissen. Zum Testen loggte ich mich auf einer Lesbenseite ein und kaufte mir sogar ein entsprechendes Buch.

Was nun die Lesbenseite anbelangte, da fühlte ich mich noch unwohler als auf den Seitensprungseiten unter all den Männern. Ich war die absolute Alterspräsidentin und man ließ mich das auch spüren. Die Damen dort suchten Frischfleisch und keine Ware, die schon etwas „abgehangen" wirkte. Fluchtartig verließ ich all die liebeshungrigen jungen schönen Lesben.

Das Buch- ich habe keine Ahnung mehr, wie es hieß, aber nach dem Lesen verkaufte ich es bei amazon.de postwendend weiter. Nein, das war nicht meine Wellenlänge. Ich empfinde höchstens eine gewisse Neugierde auf etwas, das ich noch nie erlebt habe. Sex mit einer Frau. Ja, ich hätte es mit Mary probieren können. Doch, wie gesagt, ich schau mir gern schöne Frauen und Männer an, gerne auch unbekleidet. Mehr aber auch nicht.

Ich stehe wie gesagt auf Männer. Zum Beispiel auf den Barkeeper. Er lächelt mir zu. Der wäre doch eine Sünde wert.

Aber was soll das denn sein? Er schenkt sein Lächeln nicht nur mir, oh nein: Eine Spur bezaubernder, erotischer bekommt es der Mann mit markanten Gesichtszügen zurück, der sich über den Tresen beugt und diese doch für mich reservierten Lippen küsst! Ja, leider zu schön für mich. Reserviert für Pierre.…

Die elegante Dame prostet mir zu. Es bliebe also noch der Flirt mit ihr. Sollte ich? Nein. Ich proste lediglich zurück, trinke den letzten Schluck meines Prosecco, bezahle und gehe zur Rolltreppe. Ich spüre noch ihre Blicke, doch ich schaue nicht zurück. Draußen wartet der Bus und vielleicht eine neue interessante Begegnung. Oder ein neuer Flirt?

Doppelter Salto mit Tizian

Von allen Gefährten, die mich begleiteten, ist mir keiner so treu geblieben wie der Schutzengel (Clemens von Brentano)

Seit damals sind nun schon einige Jahre vergangen. Doch ich erinnere mich noch genau an jede Kleinigkeit, als wäre es erst gestern geschehen.

Wir hatten uns gestritten. Mein Tizian stand vor dem Haus und ich stieg hastig ein.

Das Wetter war nicht gerade für eine Spazierfahrt geeignet. Aber eine solche wollte ich ja auch gar nicht unternehmen. Ich wollte nur noch weg.

Es schneite ununterbrochen und die Sicht wurde immer schlechter. Sollte ich lieber umkehren? Nein, das käme einem Nachgeben in unserem heftigen Streitgespräch gleich. Nur das nicht.

Dann kam diese abschüssige Stelle auf der Straße mit einer Rechtskurve. Ich spürte die Glätte unter der dünnen Schneedecke und bremste ab. Ich fuhr in eine Schneewehe, konnte aber meinen Tizian wieder auf die Fahrbahn zurückbringen. Nun wollte ich doch nach Hause.

Noch eine Schneewehe, größer als die erste. Diesmal allerdings geriet ich voll hinein. Ganz langsam. Wie in Zeitlupentempo. Ich kam rechts von der Fahrbahn ab und hatte keine Gewalt mehr über mein Auto. Ich wusste nicht, was mit mir geschah. Ein Traum musste Besitz von mir ergriffen haben. Ich verfiel in eine Art Trance und fühlte mich wie bei meiner morgendlichen Meditation. Ich dachte nur noch: Jetzt kann ich es erleben. Endlich. Wurde ich getragen? Und dann sanft gehoben? Mir war ganz leicht zumute. Ein wunderbares, noch nie erlebtes Gefühl. Dann Stille. Totenstille? War ich noch auf dieser Welt? Ich spürte keinerlei Angst. Nur Leichtigkeit und Schwerelosigkeit. Ich spürte ein langsames Sinken, fiel sacht in einen Watteberg hinein. Alle störenden Gedanken waren hinweggeweht. Es gab kein Denken mehr.

Ich fühlte mich wohl. Ich befand mich in einem schönen Theater, die Sitze schienen mit Plüsch bezogen zu sein. Es herrschte vollkommene Dunkelheit. Ich tastete mit zitternden Händen zuerst nach links und dann nach rechts und lauschte angestrengt. Nichts zu hören. Ich war ganz allein. Der Vorhang öffnete sich langsam, er wurde knarrend aufgezogen. Von wem? Ich sah nichts, aber ich wusste nun, dass ich doch nicht ganz allein war. Auf der Bühne ging das Licht an. Ich erlebte mich selbst.

Die kleine Freyja ist ein dünnes, unscheinbares Kind mit einem hübschen Gesicht. Ein Mädchen mit dicken langen Zöpfen, das ihre beginnende Sexualität nicht annehmen wollte. Das gebückt geht, damit man die kleinen wachsenden Brüste nicht sehen konnte. Das ohne Zwischenstufen erwachsen sein wollte und deshalb alle Poesiealben und Tagebücher verbrannte. Das sogar seine geliebte Puppe verschenkte. Ein Kind, das es allen recht machen wollte. Ihrer kranken Großmutter, um sie -irriger Kinderglaube- mit Einsen gesund werden zu lassen. Gottesfürchtig zu werden, wie die Großmutter Milda es für richtig hielt.

Freyja erlebte noch einmal ihre Schuldgefühle, als es mit Oma Milda zu Ende ging:

Sie wurde losgeschickt, den Pfarrer zu holen. Sie ging langsam, weil sie in ihrer kindlichen Naivität dachte: Wenn der Pfarrer nicht gleich kommt, wird sie auch nicht gleich sterben. Der Pfarrer nahm sie an die Hand und rannte mit ihr zurück. Doch sie kamen zu spät.

Ein neues Bild auf der Bühne. Ich sehe mich als unsichere Lehramtsanwärterin vor der Klasse stehen.

Ich sehe mich, als ich mein totes Kind im Arm halte und es nicht hergeben will.

Ich erlebe noch einmal das unbegreifliche Geschehen um den Freitod meines Vaters. Die Beerdigung. Ich konnte wieder nicht weinen. Keine Träne, wie nach Sabines Tod. Unsere Ehe.

Schwangerschaften. Geburten. Freude über die ersten Worte und die ersten Schritte unserer Kinder. Trauer um Sabine. Schuldgefühle. Angst, dass alles wiederkehren könnte. Fehlgeburten. Abbruch einer Schwangerschaft. Massive Schuldgefühle. Und dann war ich wieder schwanger. Ich hörte mich laut und bestimmt sagen: Ihr könnt machen, was ihr wollt. Ich will dieses Kind. Und ich werde es zur Welt bringen.

Trauer, Abschied, Wehmut. Wieder Trauer und dann, Freude? Die Empfindungen kamen schrittweise wieder. Ich spürte mit Plüsch bezogene Sitze um mich herum. War ich noch im Zuschauerraum? Aber so eisig kalt. Und so still war es darin. Ich fühlte etwas, das mich festhielt. Etwas Straffes. Eine Stimme in mir sagte: Du lebst. Schlage die Augen auf. Nimm all deine Kräfte zusammen. Du bist noch nicht an der Reihe. Du hast deine Lektion noch nicht gelernt. Ich versuchte es und schlug die Augen auf. Irgendetwas stimmte nicht. In welcher Lage befand sich mein Körper? Er hing in der Luft. Langsam kam die Erinnerung wieder. Ich war auf dem Nachhauseweg gewesen. Eine Kurve, eine spiegelglatte Straße, diese plötzlich vor mir auftauchende Schneewehe.

Und jetzt wusste ich, wo ich mich befand. Ich saß in meinem umgestürzten Tizian. Etwas in mir schrie: Ich muss raus. Ich muss hier raus.

Schnell! Ja, aber wie? Ich war festgezurrt. Da kam mir plötzlich die Erkenntnis. Der Gurt! Vielleicht hatte er mir das Leben gerettet, doch nun musste ich ihn öffnen. Eine Ewigkeit verging. Endlich war ich frei, schwebte eine Sekunde in der Luft, bevor ich auf dem Autohimmel zu liegen kam. Müdigkeit nach der Anspannung. Ich wollte mich ausruhen, die Augen fielen mir schon zu, da hörte ich wieder: Nicht schlafen. Später. Du musst jetzt die Tür öffnen. Streng dich an. Du musst. Los, den Riegel nach oben drücken, ja, stimmt, es ist alles verkehrt herum. Umerzogener Linkshänder, du hast schon immer Orientierungsprobleme gehabt, jetzt musst du umdenken. Die Klinke in die Hand. Schieben. Weiter. Noch einige Zentimeter. Der Schnee ist im Wege. Zum Glück ist es Pulverschnee. Jetzt ist der Spalt groß genug, dass ich mit der Hand den Schnee zur Seite schieben kann. Und nun gelingt es mir, mich aus dem Auto zu wälzen. Ich sehe mich um: Schnee, soweit ich sehen konnte. Und links von mir das umgestürzte Auto. Mein geliebter Tizian.

Doch dann verlassen mich die Kräfte und ich will nur noch schlafen. Mein Schutzengel aber ruft: Nicht einschlafen. Hat er auch die Menschen gerufen? Vielleicht. Sie tragen mich in die Wärme. Danke, ich darf noch leben. Bewusster als vorher.

Die Ehekette

Oh danke, Sie haben mich wohl gerettet, wach gerüttelt. Es wären mir doch tatsächlich fast die Augen zugefallen. Sie sagen, nicht nur fast? Das kann doch nicht sein, es sind doch nur Sekunden vergangen. Nein? Sie haben das Steuer festgehalten? Oh, dann noch einmal mehr als ein Dankeschön an Sie. Denn eigentlich wollte ich diesen Salto mortale nicht noch einmal erleben.

Lassen Sie uns ein wenig philosophieren. Das schult die Konzentration beim Fahren. Fürs erste vielleicht: Was ist der Sinn einer Ehe? Was meinen Sie dazu? Lohnt es sich, darüber zu reden? Ja? Dann fangen Sie mal an..

Eine Generation vor unserer Zeit bedeutete die Ehe für eine Frau vor allem eine finanzielle Absicherung. Sie musste einfach heiraten, um einen Ernährer zu haben. Von dem sie dann natürlich finanziell abhängig war und dem sie sich unterzuordnen hatte. Jetzt, wo fast jede Frau berufstätig ist, sind die Gründe natürlich ganz andere. Oder gibt es diese antiquarische Ausgabe einer Frau etwa heute noch? Die sich bedingungslos unterordnet? Und den Mann, der Pascha ist? Wir wollen doch beide hoffen, dass dies der Vergangenheit angehört!

Die Gründe für eine Ehe in unserer Zeit? Für Nachwuchs sorgen. Kinder großziehen. Sie fürs

Leben vorbereiten. Sie finanziell unterstützen, ihnen bei der Berufsfindung helfen.

Sorgen miteinander teilen. Etwas schaffen? Materielle Werte? Füreinander da sein? Toleranz, Verstehen? Geborgenheit? Sich fallen lassen können? Achtung vor dem Partner empfinden?

Was noch? Liebe? Erotik? Sexualität? Loslassen können? Distanz wahren? Sich gegenseitig Freiräume zugestehen?

Dies alles und mehr scheint der Sinn einer Ehe zu sein. Doch muss man, um dies alles zu erleben oder auch, um damit Schwierigkeiten zu bekommen, heiraten? Kennen Sie den Witz, wo die Frau den Mann fragt: Wollen wir nicht heiraten? Der Mann antwortet: Meinst du wirklich, jemand nimmt uns?

Ein schöner Witz, was? Nein? Sie sind anderer Meinung?

Reden wir weiter. Heutzutage leben viele Paare ohne Trauschein recht gut zusammen. Nicht nur recht gut, im Gegenteil, besser als in der Ehe, im Ehekäfig…

Ehekäfig. Ehekette. Mit einer Kette lebt es sich nicht gut. Denn mit einer Kette kann man schlecht weglaufen. Jeder zieht daran und jeder will damit in eine andere Richtung. Die Kette rostet mit der Zeit, vielleicht wird sie sogar brüchig? Man tritt in der ehelichen Gemeinschaft auf einer Stelle und bemerkt zuerst gar nichts Negatives. Jahre können darüber vergehen. Aber plötzlich. Von einem Tag auf den anderen spürt man es. Lähmung, eine Art Leere. Wieso auf einmal? Oh, nein, nicht auf einmal, diese Entwicklung verlief schleichend. Unter der Oberfläche. Und dann brach etwas auf. Durch eine Kleinigkeit, es kann ein Wort sein. Ein gelesenes Buch, ein gesehener Film, was auch immer. Oft dann, wenn die Kinder aus dem Haus sind. Man ist sich gleichgültig geworden. Es hat sich eine Art Ehemüdigkeit eingeschlichen. Man entdeckt immer mehr Eigenschaften am Partner, die einen stören. Und man kann sie nicht mehr wie bisher als liebenswerte Besonderheiten abtun kann. Wenn man sich dann auch noch immer häufiger in den Sketchen von Loriot wieder findet, wird es höchste Zeit, etwas zu unternehmen. Können Sie noch mehr hinzufügen? Bestimmt. Aber jetzt lassen wir zuerst einmal den Mann zu Wort kommen. Ja natürlich, nicht nur wir Frauen sind betroffen.

Der angekettete Mann und seine Gedanken: Warum nur beginnt sie immer wieder von vorn? Sie lamentiert und findet kein Ende. Kann sie sich nicht präziser ausdrücken? Ich hab's doch schon beim ersten Mal verstanden, was sie mir sagen wollte. Warum merkt sie sich jede Kleinigkeit, jeden Satz, den ich irgendwann einmal gesagt habe? Jetzt beginnt sie auch noch zu heulen. Nein doch. Ich hasse diese Tränen. Will sie damit etwas erreichen? Aber was nur?

Kann sie nicht ruhig bleiben?

Warum achtet sie auf jedes Stirnrunzeln? Warum legt sie jedes Wort auf die Goldwaage? Und wie es in ihrer Handtasche aussieht, da kann man ja nichts finden. Zerknülltes Papier, so ein Durcheinander. Und ihr Portemonnaie liegt ganz oben in der geöffneten Tasche. Den Schlüsselbund hat sie schon wieder an der Haustür stecken lassen.

Warum schraubt sie bloß nie die Cremedose richtig zu? Und hier auf dem Hocker im Bad hat sie auch noch ihren Slip liegen gelassen. Kann sie ihn nicht selbst wegräumen?

Und wie sie mich wieder anschaut, diese Augen, ich glaube, sie will allen Ernstes jetzt mit mir ins Bett. Doch ich habe einfach keine Lust. mehr. Aus dem Alter sind wir doch nun wirklich raus!

Ich bin müde. Ehemüde. Vierzig Jahre ein und dieselbe Frau. Nun ja, fast. Ich hatte da ja schon, doch es war ein Ausrutscher. Der Alkohol....

Das ist lange her. Verblasste Erinnerungen. Nicht nur rühmliche. Und bei allen „Kettengedanken"- was soll man machen? Es ist eben so wie es ist. So ist das Leben. Das Eheleben. Noch mal neu anfangen? In dem Alter? Nein, warum denn? Sonst ist ja alles in Ordnung…

Die Frau an der Kette und ihre Gedanken: Warum versteht er mich bloß nicht? Warum muss ich alles immer noch einmal erklären? Warum muss ich erst in Tränen ausbrechen? Er müsste doch mit der Zeit wissen, dass mir gewisse Worte wehtun. Er müsste doch endlich Erfahrung darin haben, wie er mich umstimmen könnte. Ganz leicht.

Warum macht er mir so selten ein Kompliment und nimmt mich jetzt nicht einfach in den Arm? Warum muss er immer versuchen, eine Lösung zu finden? Ich will doch nur erzählen....

Wie hält er bloß das Messer beim Essen? Warum legt er das Besteck nicht weg, wenn er redet? Kann er nicht seine Hose ordentlich über den Stuhl hängen? Seit drei Tagen trägt er denselben Pullover. Den ich noch dazu nicht sonderlich mag. Das scheint ihn nicht zu interessieren. Er pflegt beim Kleiderwechsel, wenn dieser überhaupt ohne meinen Hinweis stattfindet, blind in den Schrank zu greifen. Zieht irgendetwas an, ist doch fast egal, was es ist. Das, was oben auf dem Stapel liegt.

Und dann das Thema Stehpinkler. Wie oft haben wir schon darüber gesprochen? Ich geb's auf.

Er könnte mal wieder frische Socken anziehen. Sie riechen muffelig. Ich will mich nicht weiter dazu äußern. Wann hat er mir das letzte Mal die

Tür aufgehalten? Süßigkeiten geschenkt? Und wenn, dann immer die falschen. Die ich nicht gern esse, die mit Füllung.

Warum macht er mir kein Kompliment über den sexy BH? Wann hat er mir das letzte Mal Lust auf Sex signalisiert? Und wie reagierte er auf den absichtlich liegen gelassenen schwarzen Spitzenslip? Er hat ihn mit einer Bemerkung über mangelnde Ordnung in den Wäschekorb gelegt, eigentlich mehr in hohem Bogen hineingeworfen. Dieser Schuss ging wohl wieder einmal nach hinten los.

Noch krasser seine Bemerkung, als ich – natürlich ebenfalls absichtlich- den Dildo im Bad „vergaß": „Dein Spielzeug könntest du aber zumindest wegräumen, wenn du es nicht mehr benötigst!".

Vierzig Jahre Ehe. Ein und derselbe Mann? Oh nein. Ich müsste sehr lügen. Und es waren keine Ausrutscher. Ich stand auch nicht unter Alkohol. Im Gegenteil. Ich habe den Seitensprung gewollt. Allerdings hatte ich danach schon manchmal Schuldgefühle.

Was sagen Sie da? Sie auch? Das finde ich ja interessant. Dann sind wir uns aber sehr ähnlich. Wie Zwillinge! Vielleicht können wir voneinander lernen, ganz bestimmt können wir das.

Was also ist der Sinn einer Ehe? Dass zwei Menschen, die so vollkommen unterschiedlich sind, in den Jahren miteinander verschmelzen zu einem Ganzen? Keine eigenen Interessen mehr haben? Keine Bedürfnisse, die der andere auch hat? Alles, aber auch alles zusammen tun müssen? Und nach außen hin auch noch ihr Entzücken über diesen Gleichklang zum Ausdruck bringen müssen?

Nein, müssen nicht. Aber man tut's. Ein Bild in der Tageszeitung: Ein Ehepaar, das die Diamantene Hochzeit feiert. Sie sitzt still und demütig neben ihm. Er mit Blick in die Kamera: Wir sind noch genauso verliebt wie am ersten Tag. Mm. Ja. Wie waren sie denn am ersten Tag verliebt? Vielleicht nicht so toll? Ein wenig? Oder gar nicht? Also sind sie heute auch nicht mehr und nicht weniger verliebt.

Aber dann sagt sie auch noch: Wir haben uns nie gestritten. Na das ist ja wohl. Nein das glaube ich nicht. Es sei denn, einer, ich nehme in diesem Fall an, sie, die Frau, ordnet sich bedingungslos unter. Ja, so wird es sein. Ihr Blick ist der einer Untergebenen. Ein Aufblicken zum Herrn und Gebieter.

Es soll also in einer Ehe nur noch eine einzige Individualität geben. Durch kontinuierliche jahrzehntelange Reibung aneinander glatt poliert, abgeschliffen? Verwischt, die Grenzen zwischen

Venus und Mars? Soll das der Sinn einer Ehe sein?

Man hört oft: Zusammen alt werden. Nun gut. Ist eine wunderbare harmonische klingende Perspektive. Doch man kann auf unterschiedliche Art und Weise zusammen das Alter erleben. Jawohl. Meinen Sie nicht auch?

Erzählen Sie mal, wie es bei Ihnen ist. Ach, Sie schweigen lieber? Nun, keine Antwort ist auch eine Antwort. Lassen Sie nur, das habe ich auch schon durch. Nur nichts sagen. Alles mit sich selbst ausmachen. Aber glauben Sie mir: Irgendwann kommt der Punkt, wo so etwas nicht mehr funktioniert.

Facebook kontra Alter?

Das Alter einer Frau beginnt dort, wo ihre Lie-
be aufhört.

Stellen Sie sich folgende Situation vor: Ich sitze
mit meinem Schüler den ich Nachhilfeunterricht
gebe, über einer kniffligen Mathematikaufgabe.

Nicht nur für ihn knifflig, auch für mich, die ich
schon eine Weile aus dem Schuldienst in den
wohlverdienten Vorruhestand gerutscht bin. Sie
fragen mich, wieso ich nicht alles, was mit der
Schule zu tun hat, endlich an den Nagel hänge?
Wieso ich immer noch Lehrerin sein will? Wo
doch angeblich die Schüler immer frecher werden und überhaupt.

Meine Antwort: Ich war es gerne und was man
liebgewonnen hat, gibt man nicht gern aus der
Hand. Im Übrigen bin ich inständig gebeten worden, zumindest einige Stunden in der Woche
dieser Tätigkeit nachzugehen.

Oh, ich schweife ab. Zurück zum Ort des „Ge-
schehens". Also ich sitze mit Lorrain über dieser
Mathematikaufgabe. Mir fällt so ganz nebenbei
ein, dass ich mein Smartphone nicht ausgeschal-
tet habe. Ich greife nach meiner Tasche. Zu spät.

Ein Signalton erklingt und kündigt neue Nachrichten aus dem Facebook- Portal an.

Lorrain schaut mich ganz entgeistert an: „Das war doch. das ist doch…sind Sie etwa bei Facebook?" Ich: „Ja und?" „Na aber…stottert er, „ Sie sind doch schon alt. Ganz schön alt sogar."

Stille im Raum. Ja, ich bin schon alt. Stimmt. Was soll ich ihm jetzt sagen? Dass es unhöflich ist, so etwas zu erwähnen, dass man das taktvoller ausdrücken kann, dass ich mich doch gar nicht so alt fühle, dass ich solch eine Antwort nicht erwartet hätte, dass Alter ein relativer Begriff ist, dass ich noch lieben will ohne Grenzen, ja was noch?

Mir fällt sogar ein Witz ein, in welchem eine ältere Dame einem Herrn betreffs vorgerückten Alters antwortet: Antiquitäten nehmen mit den Jahren auch an Schönheit und Wert zu."

Lorrain stutzt ob meiner Schweigsamkeit. Hat er etwas Falsches gesagt? Egal, er kennt keine Hemmungen und stellt weitere bohrende Fragen. „Gehen Sie etwa auch noch ins Fitnessstudio? Und Ihre Haare, sind die eigentlich gefärbt? Ihr T-Shirt ist auch ganz schön bunt. Sie haben da Falten und Flecken auf ihren Händen. Sterben Sie in ein paar Jahren? Da müssten Sie eigentlich viel ernster sein."

Schau an, ein kleiner Philosoph sitzt vor mir. Ein ehrlicher noch dazu, der für seine zwölf Jahre schon reichlich weit im Denken ist. Ich schaue auf meine Hände mit den kritisierten Falten und hervortretenden Adern, denke an den nächsten Arzttermin und sage das, was mir gerade in den Sinn kommt:

„ Ja, ich bin schon ganz schön alt. Trotzdem bin ich auf Facebook. Ins Fitnessstudio müsste ich wieder mal gehen. Meine Haare sind gefärbt. Und sterben werde ich wie jeder Mensch irgendwann, aber jetzt noch lange nicht. Gut, und jetzt bin ich mit Fragen an der Reihe. Was meinst du, sollte ich lieber mit grauen Haaren und schwarzgrauem T-Shirt erscheinen? Mit einem Gesicht wie drei Tage Regenwetter ?

Sollte ich mich bei Facebook und WhatsApp abmelden? Secondlife kündigen? Dafür meine Krankheiten aufzählen und mich selbst bedauern?"

Er schüttelt heftig den Kopf, ist mit seinen Gedanken sonst wo und meint dann : „Ich habe bestimmt zwei Leben oder drei." Lächelnd nicke ich ihm zu. „Das alles ist möglich. Jetzt aber geht es erst mal weiter mit Mathe."

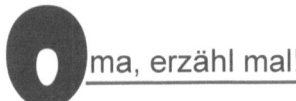ma, erzähl mal!

Man kann in Kinder nichts hineinprügeln, aber vieles herausstreicheln. (Astrid Lindgren"

Franzi bohrt: „Du, Oma, erzähl doch noch einmal die Geschichte mit dem seltenen Tier!"

„Die habe ich dir doch schon so oft erzählt. Weißt du was? Ich habe da eine Idee. Ich erzähle sie dir jetzt einfach so, wie sie eigentlich hätte ausgehen müssen. Nicht wie es tatsächlich gewesen war. Einverstanden?"
Denn dieses Erlebnis war viele, viele Jahre in der hintersten Ecke meines Gedächtnisses verborgen. Ich schämte mich für mein Weglaufen. Wieder einmal hatte ich versagt, hatte die Erwartungen meiner Eltern nicht erfüllt. Wieder einmal war ich das hässliche, dumme Gänschen gewesen.
Das laute Lachen, das auch später als Echo in den Ohren nachhallte, ließ sich nicht so leicht verbergen. Es sollte mich lange Zeit verfolgen. Als Synonym für ein immer wiederkehrendes Ausgelacht werden fristete es fortan irgendwo im Unterbewussten sein Dasein. Nach diesem Ereignis ließ ich mich noch mehr von der Angst verfolgen, rannte noch schneller vor ihr davon

und konnte erst recht nicht so sein wie mein Bruder. In allen darauf folgenden Jahren ging es mir so, dass ich einem ehrlich gemeinten Lob sogleich eine negative Färbung gab. Wie sollte es auch anders sein? Da ich nichts taugte, konnte ich auch nicht gelobt werden, also blieb nur eines übrig: Man verhöhnte mich. Für mich gab es nur ein „Gut" oder „Böse". Zwischen diesen beiden Definitionen befand sich in meinen Augen kein Spielraum. Eine Anerkennung konnte ich einfach nicht freudig akzeptieren.

„Also, Franzi, hör zu: ich sollte auf den Heuboden kommen, wo man mir angeblich ein seltenes Tier zeigen wollte. Ich ahnte aber schon, dass da etwas anderes im Spiel war.
Als ich mich über die Barriere beugen sollte, wo dieses Tier angeblich zu sehen wäre, machte ich kehrt und schrie: Hier gibt's kein seltenes Tier, ihr wollt mich wieder mal nur veralbern. Lasst euch doch selbst veralbern. Ich lass mir nichts mehr von euch gefallen. Immer wollt ihr mir zeigen, wie dumm ich bin. Ich bin nicht dumm! Damit ihrs wisst!" Und damit rannte ich wütend in den Wald.

Franzi war unzufrieden mit mir. „Aber so war das doch gar nicht. Ich möchte das genauso hören, wie du es erlebt hast, bitte, noch einmal, aber nun richtig!"

Ich erzählte also noch einmal von vorn.

Ich war ein überaus ängstliches Kind gewesen und wenn ich abends noch etwas aus der Bodenkammer holen sollte, sträubte ich mich jedes Mal, allerdings immer ohne Erfolg. Ich musste dort hinauf, ob ich wollte oder nicht. Dort, wo es keine Lampe gab, wo man sich im Halbdunkel bis zu dieser Truhe tasten musste, vor der ich mich fürchtete. Denn einmal war mir beim Hochklappen des Deckels eine Maus entgegen gesprungen. Ich erschrak derart, dass ich laut schrie. Meine Eltern kamen und schüttelten nur den Kopf über mein Geschrei.

Das war erst einmal die Vorgeschichte. Vielleicht erklärt sich daraus einiges am Verhalten meiner Mutter?

Eines späten Nachmittags rief sie mich und tat sehr geheimnisvoll. „Da oben auf dem Heuboden hat sich etwas versteckt, vielleicht ein Tier. Willst du es dir nicht einmal ansehen?"

Ich wollte nicht, aber als folgsames Kind gehorchte ich und ging die steile Treppe hinauf, die zum Heuboden führte. Dann gab es rechts noch drei Stufen, welche zum Speicher für die Strohballen führten. Ich sollte mich nun über die niedrige Barriere beugen und in das Halbdunkel spähen.

Voller Angst tat ich, was man mir geheißen. Da! Wie aus dem Nichts tauchte plötzlich kein seltenes Tier, sondern eine gespenstig aussehende Hand auf, die in mein Gesicht griff. Ich hörte noch ein Buh und wollte nur noch weg. Ich rannte die steile Treppe hinab, stolperte und fiel auf den harten Steinfußboden. Mein Kopf kam zum Glück auf einen Strohballen zu liegen, der dort für das Tierfutter bereitstand. Schallendes Gelächter ertönte vom Heuboden herunter.

Von panischer Angst getrieben, immer das Gelächter in den Ohren rannte ich zum hinteren Tor hinaus in den Wald hinein und weiß bis heute nicht, wie ich wieder nach Hause gekommen bin.

„Oma, das war gemein von deiner Mama. Du hast bestimmt danach noch mehr Angst vor etwas Unbekanntem gehabt als vorher, stimmt's? Was hat sie denn als Begründung angegeben, warum hat sie das getan?"

„Sie sagte, sie wollte mir damit die Angst nehmen und beweisen, dass alles einen realen Ursprung hat. Vielleicht verfolgte sie eine gute Absicht damit. Doch die Methode war wohl nicht die passende für mich, die ich ein Sensibelchen war und ehrlich gesagt auch noch bin..."

Verrückter geht's wohl nicht?

Oh doch, es geht noch verrückter, das können Sie mir glauben! Wenn ich da die Bilder im Internet ansehe, dann bin ich eine blutige Anfängerin.

Sie wissen nicht, was ich meine? Gleich kläre ich Sie auf. Es geht um Tattoos. Die gibt es ja nun schon seit Jahrtausenden. In Afrika und Südamerika tragen die Naturvölker seit jeher diese faszinierende Körperbemalung.

In Europa und besonders in Deutschland tut man sich schwer damit. Man toleriert sie bei jungen Leuten, man sagt- die sind jung, die können sich das erlauben. Sie haben noch eine straffe Haut und überhaupt ist es ein Vorrecht der Jugend, in vieler Hinsicht aufzufallen.

Die alten aber- die aus der nicht mehr arbeitenden Bevölkerung- sprich- die Rentner, die sollen das gefälligst lassen- die sollen mal lieber daran denken, wie alt sie sind.

Als ich im Bekanntenkreis mein Vorhaben preisgab, sagte eine Dame zu mir: Verrückter geht es nicht.

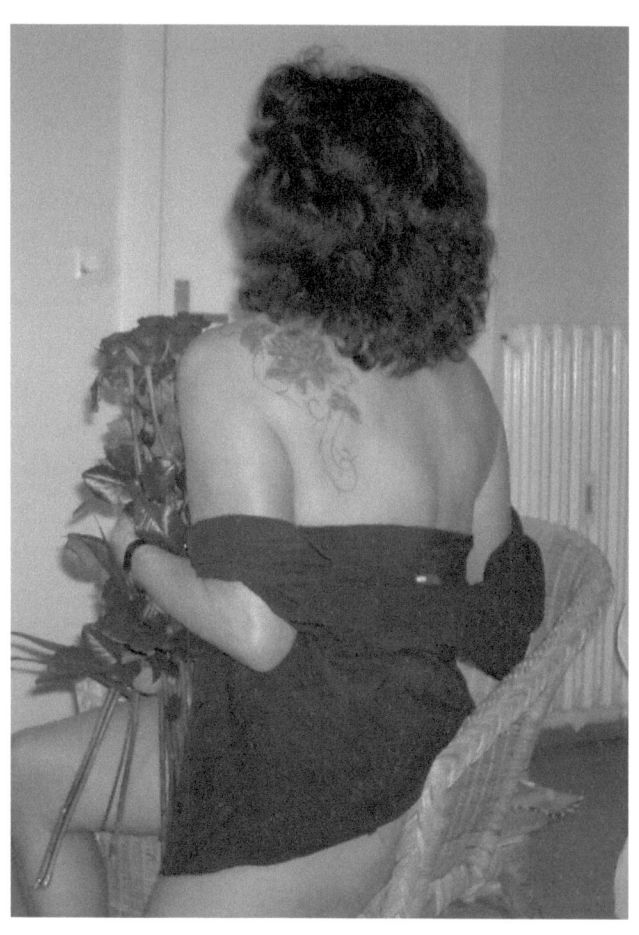

Hast du schon einmal darüber nachgedacht, wie das aussieht, wenn deine Haut schrumpelig geworden ist? Nein, so etwas tue ich mir nicht an!

Na, soll sie doch auch nicht, wer sagt, dass sie es mir nachmachen muss? Mein Tätowierer im Darkline- Studio und ich haben natürlich daran gedacht.

Hanjo ist überhaupt ein besonderer Mensch und ein begnadeter Maler. Alle Wände seines Ateliers sind voll mit seinen Gemälden und Zeichnungen. Da er letztere auch als Vorlagen für seine Tattoos verwendet, ist jedes Detail millimetergenau zu erkennen.

Bei einem Glas Prosecco-oder waren es zwei-suchten wir gemeinsam ein schönes Rosenrankenmotiv aus. Es wird auf meiner linken Schulter zu sehen sein und gefällt mir ausnehmend gut.
Drei Stunden dauerte die Prozedur. Zuerst zeichnete er das Motiv vor und ich musste mein Okay geben.
Dann machten wir erst einmal eine kleine Pause, in der wir uns angeregt unterhielten. Er erzählte von seinem bewegten Leben, vor allem von seiner Zeit in den USA, und .ich von meiner Zeit, die ich in Berlin verbringe.

Zu den Klängen von Hardrock zauberte Hanjo diese Rosenranke auf meine Schulter und als Zugabe verschönerte er dann auch noch das verblasste und damals nicht korrekt gestochene Omm- Tattoo an meiner rechten Fessel zu einem wunderschönen geschwungenen Etwas. Das sieht richtig gut aus!

Natürlich ging das Ganze nicht ohne Schmerzen ab, Aber- wer schön sein will, muss auch leiden können. Und das konnte ich.

Ich liebe mein neues Tattoo und bin stolz darauf, dass ich mir dieses Geschenk zu meinem 60. Geburtstag gemacht habe.

 ine Rast mit Standpunkten

Das Handy klingelt durchdringend. Kommen Sie, wir machen eine Pause. Hier ist eine schöne Raststätte. Ich lade Sie zu einem Kaffee ein. Ja?

Am Tisch muss ich erst einmal die Sms lesen. Von wem? Ach, von Karsten. Er gibt einfach nicht auf.

Wissen Sie, es ist schon drei Monate her. Ich erinnere mich, es war im September. Ich hatte ihm nach langem Zögern dann doch meine Handynummer verraten. Und ich ließ mich sogar zu einem Date überreden.

Oh, er war ein süßer Kerl, einfach zum Knuddeln. Braune Augen, schwarze Haare, muskulöse Arme. Straff sitzende Jeans, nur ein T-Shirt darüber. Eine Augenweide. Und er war so verlegen. So schüchtern. Ich gab ihm die Zärtlichkeiten, Küsse, und Streicheleinheiten, die er sich wünschte. Mehr mütterlich-erotisch? Egal, er schien es zu genießen. Ich aber auch. Doch auf mehr wollte ich mich nicht einlassen. Nein, dazu war er nun doch zu jung.

Sie möchten sein Alter wissen? Fragen Sie mich lieber nicht danach.

Es war ein zauberhaftes Date Wir trafen uns am Nachmittag mitten im Herbstwald. Das war etwas für mich, die ich die warmen Herbstfarben so liebe. Doch wie gesagt, auf mehr wollte ich mich nicht einlassen. Er schon.

Sie sind neugierig, was ich ihm jetzt antworte? Hier, lesen Sie ruhig: Lieber Karsten, es war sehr schön mit dir. Aber mehr soll nicht sein. Ich wünsche dir alles Gute und bald eine tolle Freundin.

Doch postwendend antwortete er. Ich gebe so leicht nicht auf. Okay, aber ich weiche auch nicht von meinem Standpunkt ab.

Ich sehe Ihnen Ihre Empörung an. Sie denken sich Ihr Teil. Sprechen Sie es aus: Wie konnten Sie sich überhaupt auf ein Treffen einlassen? Wie sagt man zu dieser Art Frauen, wie ich sie eine bin? Ach, egal. Ist mir so egal. Es ist mein Leben. Und Sie ? Vielleicht trauen Sie sich nur nicht, auf Ihre Wünsche zu hören und lehnen deshalb meine Wege fern der geraden Straße ab? Habe ich richtig getippt? Das macht nichts. Ich finde Sie trotzdem sympathisch. Sie sind ehrlich. Andere zerfetzen sich heimlich über mich und lächeln mir danach freundlich ins Gesicht.

Der Kaffee ist gut. Der Kuchen mit Sahne noch besser. Ich pfeife auf die schlanke Linie! Wenn man nicht mehr so jung ist, darf man das schon ab und zu. Man sieht vieles lockerer.
Aber mal ehrlich, glauben Sie wirklich, ich mache mir keine Gedanken über meine Abwege? Nein? Sie wollen gehen? Na dann tun Sie es ruhig.
Adieu, ich starte schon mal den Motor.

Nanu, Sie sind ja noch da. Wieso steigen Sie wieder ein? Sie wollen mir helfen? Ich weiß nicht, ob Ihnen das gelingt. Und ich glaube auch nicht, dass ich das will.

Aber interessehalber frage ich Sie jetzt etwas: Was würden Sie an meiner Stelle tun? Alles so belassen, wie es ist? Ich sollte mich ablenken? Wie damals, als ich die so nötige Trauerarbeit viele Jahre verdrängte?

Soll ich mich mit Arbeit zuschütten? Mich wieder mehr auf die Meditationsschiene begeben? Ja wirklich, eine Weile war dies die Lösung vieler Probleme. Oder ich hatte es mir zumindest eingeredet. Weiter: Sollte ich resignieren?

Sollte ich mich zwingen, anders zu sein? So wie ich früher war?

Sie meinen Ja? Wieso? Das wäre bequemer? Und weil ich nicht mehr jung oder wie Lorrain es ausdrückte- ganz schön alt bin?

Ich glaube, Sie kennen mich immer noch nicht. Sonst hätten Sie diese Antwort nicht gegeben.

Doch es Ihr Recht, mir die Meinung zu sagen. Aber ich schmettere Ihre Vorschläge ganz einfach ab.

Und in eben diesem Augenblick, als sie mit ihrer imaginären Beifahrerin redete, wusste Freyja, dass es für sie nur eines gab- sie musste ihr Leben wie bisher weiter leben. Mit 60 plus und allem Wenn und Aber. Mit Leid und Freude, mit Glück und Trauer.

Ja und noch mal Ja. Ich habe (noch) keine Zeit, um alt zu sein. Und sterben werde ich später…

Mehr über Anabella Freimann hier:

http://www.herbstfrau.de
http://www.herbst-schreib-lust.de
http://www.lherbstfrau-in-secondlife.de

Ihre Bücher sind u.a. zu finden auf
www.amazon.de